"Je n'ai rien à vous dire, docteur Duncan."

Nerys essaya de l'écarter. Il esquissa un geste de protestation et hocha doucement la tête: "Ainsi, vous avez décrété que j'étais un personnage antipathique?" interrogea Kevin.

"Absolument pas. Votre comportement a décidé pour vous. Vous vous êtes conduit de manière inqualifiable. Et cela dès le jour où nous nous sommes rencontrés pour la première fois."

"Dès notre première rencontre," souligna-t-il, le regard perdu au loin. "On dirait le titre d'une chanson…"

Devant son sourire railleur, Nerys se sentit rougir d'indignation. "Je ne vois rien dans cet épisode déplorable qui ait pu inspirer une chanson," lança-t-elle sèchement.

"Mais c'est parce que vous n'avez aucun sens du romanesque!" s'exclama-t-il. "Une jolie fille comme vous. Si ce n'est pas malheureux!"

DANS HARLEQUIN ROMANTIQUE

Lucy Gillen
est l'auteur de

Un étrangère au si joli nom

Lucy Gillen

Harlequin Romantique

PARIS • MONTREAL • NEW YORK • TORONTO

Publié en novembre 1983

©1983 Harlequin S.A. Traduit de *Marriage by Request*.
©1971 Lucy Gillen. Tous droits réservés. Sauf pour des
citations dans une critique, il est interdit de reproduire ou
d'utiliser cet ouvrage sous quelque forme que ce soit, par des
moyens mécaniques, électroniques ou autres, connus
présentement ou qui seraient inventés à l'avenir, y compris la
xérographie, la photocopie et l'enregistrement, de même que
les systèmes d'informatique, sans la permission écrite de
l'éditeur, Editions Harlequin, 225 Duncan Mill Road, Don Mills,
Ontario, Canada M3B 3K9.

ISBN 0-373-41224-X

Dépôt légal 4e trimestre 1983
Bibliothèque nationale du Québec et Bibliothèque nationale
du Canada.

Imprimé au Québec, Canada—Printed in Canada

1

Evidemment, le train avait du retard. Pourquoi les transports marcheraient-ils mieux en Irlande qu'en Grande-Bretagne? se dit Nerys avec agacement. Sa lourde valise à la main, elle descendit du compartiment vétuste. Sur le quai désert, elle aperçut un employé des chemins de fer et un jeune homme qui fumait sa pipe, nonchalamment adossé à la grille peinte en vert épinard.

Elle décida de s'adresser au préposé en blouse grise et casquette bleue. Il devait connaître tout le monde dans le coin.

— Excusez-moi, risqua-t-elle en arborant son sourire le plus chaleureux, pourriez-vous m'indiquer le chemin de Croxley House?

L'interpellé l'examina attentivement, repoussa son couvre-chef en arrière d'une pichenette adroite et entreprit de se gratter le crâne avec méthode et conviction.

— Pourquoi ne pas poser la question à ce monsieur? finit-il par marmonner.

Il avait un accent de terroir plus que prononcé.

La jeune fille leva un sourcil étonné et se retourna. A sa grande surprise, elle vit que l'inconnu souriait. Comme elle était la seule voyageuse, elle conclut avec un brin d'humeur qu'elle devait être la cause de cette hilarité naissante.

Lorsqu'elle se dirigea vers lui, il esquissa un pas à sa rencontre. C'est alors que la serrure de sa valise s'ouvrit avec un craquement sinistre et que le contenu de son bagage se répandit en vrac sur l'asphalte poussiéreux.

– Oh, non! gémit-elle.

Découragée, elle mesura l'ampleur des dégâts. Décidément, ce voyage qui avait commencé sous de mauvais auspices se poursuivait de même. L'air amusé des deux hommes accentua sa contrariété. Elle fusilla le plus jeune du regard.

Elle n'en semblait pas consciente, mais la colère l'embellissait encore. Ses grands yeux presque violets étincelaient et sa bouche délicatement ourlée était pincée en une adorable moue de courroux. De somptueux cheveux noirs encadraient un visage à l'ovale délicat.

– Je peux vous aider?

L'inconnu s'était précipité. La pipe solidement vissée entre les dents, il s'était accroupi et ramassait les vêtements éparpillés avec autant de bonne volonté que de maladresse.

– Attention! s'exclama-t-elle, impatientée. Vous allez tout froisser. Laissez-moi faire.

Il eut un haussement d'épaules indifférent.

– Comme vous voudrez, se borna-t-il à remarquer.

Lorsqu'elle se releva, il se tenait toujours à ses côtés et un large sourire étira sa bouche quand il vit l'expression agacée de la jeune fille.

– Vous êtes prête? Je vais vous conduire au domaine. Vous êtes bien Nerys Brady?

Cela semblait être davantage une assertion qu'une question.

– Oui, confirma l'intéressée.

Elle le fixait d'un œil noir.

– Pourquoi ne pas m'avoir dit tout de suite que vous étiez venu me chercher? lança-t-elle avec ressentiment.

Elle songea que ce devait être un quelconque domestique que son oncle avait envoyé à sa rencontre. Il ressemblait vaguement à un jardinier. En tout cas, son allure vestimentaire correspondait à l'idée que l'on pouvait se faire d'un membre de cette corporation. Sa veste de tweed élimée et son vieux pantalon de flanelle tout déformé donnaient à penser qu'il avait abandonné quelque tâche insignifiante pour se dépêcher d'aller l'attendre à sa descente du train. Elle se demanda si Liam avait été retenu auprès de son oncle; ce dernier aurait-il été victime d'une nouvelle attaque?

– Mille excuses, Madame.

Il se baissa prestement pour prendre sa valise.

– Par ici, je vous prie.

Quel patois impossible, se dit Nerys en aparté. Il pourrait articuler au moins! S'efforçant de dissimuler son agacement, elle lui adressa un signe de tête hautain.

L'homme était carré, grand et tout en jambes et elle dut trottiner derrière lui pour ne pas se laisser distancer. Ils traversèrent la minuscule gare au pas de course et débouchèrent sur un terre-plein non goudronné qui servait d'aire de stationnement. Un véhicule étrange y était garé, de ceux que les musées s'enorgueillissent de posséder. La jeune fille eut un haut-le-corps.

Elle s'arrêta net, les yeux écarquillés, lorsqu'il déposa son bagage dans le coffre de l'impressionnante automobile.

– Quelque chose ne va pas? s'enquit suavement son guide.

– Vous... vous ne croyez pas que je vais monter dans ce... dans cette carriole!

– Pourquoi pas? rétorqua-t-il, l'air chagrin. C'est une bonne voiture.

– Une ruine, vous voulez dire! coupa Nerys, péremptoire.

Il la dévisagea sans aménité.

– Vous préférez faire le trajet à pied, Madame? C'est à deux pas d'ici.

– Qu'entendez-vous exactement par là? questionna la jeune fille avec méfiance.

– Quatre ou cinq kilomètres tout au plus, répondit-il en la fixant d'un air étonnamment innocent.

– Très bien, décida-t-elle en levant un menton décidé, je monte. Mais soyez prudent.

Il mit le contact et elle constata, à son grand soulagement, que le moteur ronronnait honorablement et que les vitesses ne grinçaient pas autant qu'elle l'avait craint. Ils quittèrent bientôt la route asphaltée et s'engagèrent sur un chemin de terre.

Son compagnon ne soufflait mot, mais Nerys avait l'impression fort désagréable qu'il s'amusait beaucoup et à ses dépens.

Pas trace de maison sur ce trajet. Croxley House devait être très isolé. Cette piste mal entretenue semblait ne mener nulle part. Des collines vertes et trapues moutonnaient à perte de vue. Le paysage était ravissant mais désert. Elle se rencogna au fond de son siège, maudissant sa légèreté. Elle s'en voulait d'avoir suivi l'inconnu sans même lui avoir demandé son nom. C'était d'une imprudence folle...

– Il n'y a pas d'autre chemin pour aller à Croxley? s'enquit-elle soudain.

– Il y en a bien un second, concéda-t-il, mais celui-ci est plus direct, c'est un raccourci. Je me disais que vous deviez avoir hâte d'être rendue après ce long voyage.

– Était-ce vraiment utile de prendre cette piste de...

Un cahot particulièrement violent vint interrompre sa phrase.

– Pourquoi ne pas avoir continué sur la route goudronnée? poursuivit-elle, ulcérée.

– Que Madame m'excuse, fit-il avec servilité. Je voulais faire plaisir à Madame. De toute façon, nous sommes presque arrivés.

Nerys ne desserra plus les dents, Elle se cramponnait

désespérément à la portière pour amortir les secousses. Ils rejoignirent bientôt la chaussée, bifurquèrent et empruntèrent une allée majestueuse gardée par de hauts piliers de pierre. Elle poussa un soupir de soulagement lorsqu'ils roulèrent sous la voûte des arbres centenaires. Autour d'eux s'étalait un tapis herbeux immense et du plus bel effet.

Croxley House appartenait à la famille Brady depuis des générations. Le père de la jeune fille lui en avait toujours parlé avec émotion, mais jamais elle n'avait pensé que la propriété puisse être aussi belle.

— Quelle splendeur! murmura-t-elle à mi-voix, oubliant son chauffeur et sa colère.

— Oui, renchérit son compagnon, Croxley est un des plus beaux domaines d'Irlande.

Nerys coula dans sa direction un regard soupçonneux. Il avait miraculeusement perdu son accent rustique.

Il freina et stoppa devant le perron dans une pluie de gravillons. S'étant emparé de la valise de la jeune fille, il la précéda dans le hall.

Un épais tapis étouffa le bruit de leurs pas. Nerys leva le nez pour admirer les tableaux de maître qui étaient accrochés avec art. Corot côtoyait Manet. Son père lui avait souvent parlé de la fabuleuse fortune de son frère, apparemment celle-ci n'avait rien de mythique. Pourtant, le luxe de cet endroit n'était pas écrasant. Cette demeure élégante dégageait une atmosphère de sérénité, comme si les vicissitudes de la vie l'avaient toujours miséricordieusement épargnée.

Son guide l'abandonna mais son absence fut de courte durée.

— Duffy arrive, annonça-t-il brièvement. Cormac est allé la prévenir.

Il omit soigneusement de lui expliquer qui étaient Duffy et Cormac.

— Je dois m'en aller, ajouta-t-il peu gracieusement après

avoir consulté sa montre. J'ai du travail. Et le retard de votre train...

Il n'acheva pas, mais l'expression de contrariété qui était peinte sur son visage était éloquente.

L'impudent, songea la jeune fille, révoltée. Elle n'eut pas le temps de lui dire ce qu'elle pensait de ses manières cavalières car il la planta au beau milieu du vestibule et tourna les talons sans un mot.

Un petit soupir de rage échappa à Nerys. Il ne perdait rien pour attendre. Elle se retourna d'un geste brusque et se trouva face à une femme brune qui avait surgi comme par enchantement de l'une des nombreuses portes qui donnaient sur le hall imposant.

— Miss Brady! lança l'apparition. Je suis désolée. J'ai eu tellement à faire! Je me suis précipitée dès que Cormac est venu m'annoncer votre arrivée.

— Mais... commença Nerys, décontenancée.

— Je m'en veux terriblement de ne pas avoir été là pour vous accueillir, ajouta hâtivement la petite femme entre deux âges. J'étais auprès de M. Brady. Quant à M. Rogan, il a été appelé pour régler une affaire urgente. Mon Dieu! poursuivit-elle avec effusion, il a fallu que vous arriviez juste à ce moment-là! Quelle malchance! Vous voilà toute seule, sans personne pour vous souhaiter la bienvenue.

— Ce n'est pas grave, réussit à proférer Nerys, étourdie par la volubilité de son interlocutrice. D'autant que mon train avait du retard.

— Le jour où ils seront à l'heure... marmonna sa compagne en levant au ciel des yeux expressifs. Je suis Duffy, précisa-t-elle sans transition. Mon nom de baptême est Marie, mais depuis que mon mari n'est plus, tout le monde ici m'appelle Duffy.

Elle s'empara du bagage de la jeune fille et se mit à gravir les marches du grand escalier de chêne.

— Attention! prévint Nerys. La serrure ne tient pas.

– Je demanderai à Cormac de la réparer, ne vous en faites pas.

Et elle s'effaça pour laisser la visiteuse pénétrer dans sa chambre. Nerys ne put retenir un cri de ravissement.

– Quelle pièce délicieuse! Et ce mobilier!

Les meubles d'acajou brillaient comme miroir au soleil. Marie Duffy eut un petit sourire modeste.

– Du cœur à l'ouvrage, voilà ce qu'il faut pour les entretenir, confia-t-elle non sans humour. Venez voir la vue.

Nerys se précipita à la fenêtre.

– C'est superbe, s'extasia-t-elle, le souffle coupé.

Son guide hochait gravement la tête.

– C'est l'un des plus beaux paysages du comté, commenta-t-elle avec un naïf orgueil.

– J'en suis persuadée, renchérit Nerys. La courbe de ces collines.. soupira-t-elle avec une émotion de citadine aux champs.

– Vous êtes de la ville, n'est-ce pas? questionna Duffy avec une curiosité amicale.

– Oui, mais j'adore la campagne et celle-ci tout particulièrement.

Plantée devant la vitre, elle examinait les lieux.

– C'est un pavillon que l'on aperçoit là-bas, derrière le rideau d'arbres?

Mme Duffy opina.

– Ce bâtiment fait partie de la propriété en effet. M. Brady le loue, car il n'y a plus de garde. On ne chasse plus beaucoup par ici.

– Il est occupé actuellement?

– Oui, par le docteur Ducan.

Nerys haussa un sourcil interrogateur.

– Le docteur Duncan? répéta-t-elle.

Une lueur attendrie passa dans les yeux de son interlocutrice.

– Un homme tout ce qu'il y a de remarquable.

A en juger d'après son air extatique, il était clair que le médecin avait droit à toute son admiration.

Nerys ne put réprimer un sourire devant l'expression de cette dévotion.

— Il faudra que je fasse sa connaissance, observa-t-elle d'un ton léger. Comment est-il?

— On ne peut pas dire à proprement parler qu'il soit beau. Je me suis toujours méfiée des hommes trop beaux, pas vous? Il est roux, il a des yeux bleus; bref, il est... irrésistible, conclut Duffy avec entrain.

Nerys éclata de rire et la petite femme ne sembla pas s'en formaliser.

— On dirait qu'il ne manque pas d'admiratrices inconditionnelles, railla gentiment la jeune fille.

Marie Duffy opina vigoureusement.

— Tout le monde l'apprécie. C'est quelqu'un de très bien.

— Il exerce ici? ne put s'empêcher de demander Nerys. Cet endroit est tellement isolé!

— Oh non! répondit candidement Mme Duffy. Le village est à un kilomètre à peine de Croxley par la nouvelle route.

Elle étouffa un petit rire sous cape étrangement juvénile.

— Bien sûr, c'est une distance qui doit sembler énorme à quelqu'un de la ville. Mais pour nous autres, ce n'est rien.

— Un kilomètre, souligna Nerys, médusée. Mais alors...

Elle s'interrompit net. Son chauffeur s'était bien moqué d'elle! Elle allait lui expliquer ce qu'elle pensait de son attitude!

— Vous ne venez pas saluer votre oncle?

Nerys tressaillit.

— Je ne voudrais pas le fatiguer... commença-t-elle.

— Ne vous inquiétez pas, décréta Mme Duffy. Je veille

à ce qu'il se conforme aux prescriptions du docteur Duncan et les visites ne sont pas défendues, au contraire.

– M. Rogan est sorti pour affaires, avez-vous dit?

– Oui, mais il ne va pas tarder à rentrer. C'est bientôt l'heure du repas et pour lui, c'est sacré!

La petite femme gloussa avec bienveillance.

Nerys se sentait mal à l'aise à l'idée de rencontrer le fils adoptif de son oncle. Ce dernier avait perdu sa femme, il y avait des années de cela, alors qu'il n'avait pas encore d'enfant. Il ne s'était jamais remarié pour fonder la grande famille qu'il avait toujours rêvé d'avoir. Et lorsque, petit garçon, Liam Rogan avait été abandonné par ses parents légitimes, il l'avait recueilli sous son toit. Cela faisait dix-sept ans qu'il l'avait officieusement adopté.

Liam, qui avait vingt-sept ans maintenant, s'occupait de la gestion du domaine. Les deux hommes étaient en excellents termes. Le père de Nerys n'avait jamais été très loquace sur ce sujet, mais la jeune fille avait toujours eu l'impression que son père n'approuvait pas le geste impulsif de son frère. Elle ne savait trop à quoi s'attendre, elle espérait seulement que le sang gitan qui coulait dans les veines de Liam ne lui donnait pas une allure trop exotique.

Tout en suivant son guide, elle se demandait avec appréhension si elle reconnaîtrait son oncle. Il y avait dix ans qu'elle ne l'avait pas vu. Dans son souvenir, c'était un solide gaillard, très grand, très massif.

La gouvernante traversa le hall et alla tambouriner à une porte.

– Monsieur Brady, votre nièce vient d'arriver.

Nerys franchit le seuil et frissonna. Sean Brady n'était plus que l'ombre de lui-même. Tassé dans son fauteuil roulant, il semblait avoir rétréci. Une masse de cheveux gris encadrait un visage au teint plombé, à la peau flasque, visiblement miné par la maladie.

Il tendit les mains vers elle et elle les serra précautionnement car elles avaient l'air fragiles et sans force.

— Avoue que j'ai changé, croassa-t-il faiblement sans lui laisser le temps d'ouvrir la bouche. Viens m'embrasser, ma chère petite.

— Mon oncle! s'écria Nerys, bouleversée, en déposant sur les joues blêmes et flétries un baiser léger comme un souffle.

— Il y a si longtemps... murmura le malade. Viens t'asseoir près de moi.

— Oui, reprit Nerys en écho. C'était il y a dix ans. J'avais quatorze ans alors.

— Tu ne me reconnais plus, je parie. Mais toi, tu es toujours aussi jolie. Tu ressembles tellement à ta maman!

Nerys songea un bref instant à sa mère qui n'avait pas craint de se remarier aussitôt veuve et était partie vivre à l'étranger.

— Ton père te manque?

Les yeux de la jeune fille s'embuèrent. Elle détestait remuer ces souvenirs douloureux.

— Lui aussi était bel homme, soupira Sean Brady. On dirait que nous sommes condamnés à mourir jeunes dans la famille, ajouta-t-il pensivement.

Nerys fut à deux doigts de pleurer. Pourtant, n'était-ce pas cette triste éventualité qui l'avait conduite à Croxley?

Son oncle avait insisté pour qu'elle vienne séjourner chez lui, « avant qu'il ne soit trop tard », avait-il souligné. Elle n'avait pas eu le courage de refuser.

Elle s'efforça de sourire bravement.

— Vous demeurez dans l'une des plus belles régions d'Irlande, lança-t-elle avec enthousiasme. Mais quels chemins cahoteux! Je suis rompue.

— Cahoteux? s'étonna son oncle. N'exagérons pas, mon enfant. La nouvelle route n'a sûrement rien à envier à celles de Grande-Bretagne. Elle est même certainement en meilleur état. La circulation est si réduite...

Nerys digéra cette information en silence.

– Je ne sais pas qui m'a amenée ici, hasarda-t-elle prudemment, mais c'est quelqu'un que mon arrivée ne réjouit pas. Ce personnage s'est montré d'une insolence incroyable et il m'a fait rouler à grande vitesse sur une piste défoncée, pleine de nids de poule et de bosses.

– Oh! soupira Sean Brady, l'ancienne voie.

Une lueur malicieuse s'alluma dans les prunelles délavées.

– La nouvelle est pourtant plus directe...

– Dans ce cas, fulmina la jeune fille, pourquoi ce... cet imbécile a-t-il choisi l'autre itinéraire? Il m'a assuré que c'était un raccourci. Je me doutais qu'il y avait quelque chose de bizarre dans son comportement. Il n'a peut-être pas apprécié que je le remette à sa place.

– Parce que tu l'as remis à sa place? murmura Sean Brady.

– Parfaitement, fit la jeune fille en s'échauffant. Il le méritait. Gare à lui si je le croise de nouveau sur mon chemin! Ce n'est pas parce qu'il est irlandais qu'il doit s'amuser à ridiculariser les Anglais.

– Pourquoi ne pas lui avoir dit qu'il avait affaire à une compatriote? suggéra le malade en souriant. Ce Kevin est impossible. Je me demande bien pourquoi il a emprunté ce chemin défoncé. La suspension de sa voiture a dû en pâtir.

– Tant mieux! s'exclama Nerys avec véhémence. Quand je repense à ce voyage!

Les grands yeux s'enténébrèrent.

– Je comprends ta colère, compatit son oncle. Décidément, tu es le vivant portrait de ta mère, mon enfant. Belle comme le jour, mais un tempérament explosif!

– Ce doit être le côté émotionnel des Gallois qui ressort, reconnut la jeune fille. Avec mon sang irlandais, il n'est pas surprenant que le cocktail soit détonnant. Comment voulez-vous que votre nièce soit souple et docile avec une hérédité aussi chargée? ajouta-t-elle en riant.

La porte claqua. Un homme entra en coup de vent.

– Nerys, je te présente Liam.

Sean Brady coula un regard de biais en direction de sa nièce, impatient de voir quelle serait sa réaction en face du fils qu'il s'était choisi.

– Liam, voici Nerys.

Ce qui frappa immédiatement la jeune fille, ce furent les yeux gris ardoise de l'arrivant. Il avait des cheveux noirs et le teint hâlé, sans plus, de quelqu'un qui travaille au grand air. Nerys ne put se défendre de le trouver séduisant et très différent de ce qu'elle avait imaginé.

– Je suis heureuse de faire votre connaissance, Liam.

Il avait l'air un peu gêné, mais elle n'y attacha aucune importance. N'était-ce pas normal, si l'on tenait compte des circonstances de cette rencontre? Il la dévisageait avec une fixité quelque peu étrange.

– Je suis navré de n'avoir pu aller vous chercher à la gare, s'excusa-t-il d'une voix bien timbrée. Il a fallu que je me rende d'urgence chez le garagiste pour...

– Laissons cela, coupa le malade sans rudesse mais avec fermeté. Dis-moi plutôt comment tu trouves ma nièce, Liam.

Les yeux gris se posèrent sur elle de nouveau.

– Elle est très jolie, déclara-t-il posément. Ce sera un plaisir de... de l'avoir parmi nous, ajouta-t-il précipitamment, comme pour lever toute l'ambiguïté qu'aurait pu cacher l'amorce de sa phrase.

Déconcertée, Nerys cligna brièvement des paupières.

– Merci, murmura-t-elle. Je suis sûre que je me plairai ici.

– Je l'espère bien, renchérit son oncle. Les environs sont superbes. Les promenades ne manquent pas.

– Mais protesta aussitôt la jeune fille, je suis surtout venue pour vous tenir compagnie.

La main lasse esquissa un faible geste de dénégation.

– Non, mon enfant. Je veux que tu visites les alentours. Liam se fera une joie de te servir de guide.

– Vous montez à cheval? s'enquit ce dernier.

– Disons que je montais.

– Pourquoi ne pas essayer de nouveau? proposa aussitôt Liam.

– Entendu.

Nerys tourna vers le malade un visage où se lisait une vague culpabilité.

– Vous êtes sûr que cela ne vous ennuie pas, oncle Sean?

– En voilà une idée! s'exclama-t-il, jovial. La campagne est superbe. Je veux que Liam te fasse découvrir notre comté et qu'il t'apprenne à l'aimer.

– Oh! mais je l'aime déjà! s'écria Nerys impulsivement.

Elle surprit, sans bien le comprendre, le regard triomphant qu'échangea Sean Brady avec le jeune hommme.

2

Le lendemain matin, l'occasion se présenta pour Nery
de signifier à l'insupportable Kevin tout le bien qu'elle
pensait de sa conduite. Elle avait oublié de demander à son
oncle le nom de famille de cet individu. Comme elle n'avait
nullement l'intention d'y mettre les formes, c'était sans
importance.

Le temps était doux et elle se réjouissait de refaire de
l'équitation, surtout en si agréable compagnie. Car, elle
devait se l'avouer, Liam l'avait très heureusement surprise.

Après le petit déjeuner, elle était allée passer un
pantalon et un chemisier. Liam lui avait promis de venir la
chercher dès qu'il aurait réglé quelques affaires pressan-
tes. Il avait détaillé d'un regard approbateur la ligne svelte
de la jeune fille, bien prise dans les jodhpurs ajustés. Ils
avaient échangé des banalités pleines de charme.

En attendant son retour, elle décida d'explorer les
abords immédiats du manoir. Elle voulait admirer le
travail du jardinier. En effet, Mme Duffy lui avait assuré
que Cormac entretenait les massifs et les plantations avec
un zèle attentif et éclairé.

Nerys sortit par la porte-fenêtre du salon et se retrouva
presque immédiatement sur la pelouse entourée de plates-
bandes multicolores. Une profusion de roses épanouies

emplissaient l'air de leur parfum entêtant. Les premiers chrysanthèmes étaient déjà timidement en bouton.

Une paix magique baignait toute chose. Nerys, détendue, avançait d'un pas nonchalant sur le gazon tiède. La caresse du soleil matinal était douce contre sa joue et elle humait avec gourmandise l'odeur sucrée des fleurs.

Un treillage en voûte, sur lequel on avait fait grimper des rosiers, permettait d'accéder au vaste parc. Il suffisait de gravir deux marches pour fouler le tapis herbeux. Debout sous ce berceau fleuri, elle contemplait les collines avoisinantes qui se découpaient mollement au-dessus de grands espaces verts.

Elle était ravissante ainsi, dans cette nuée de fleurs rubescentes, avec le soleil qui jouait dans les boucles de sa somptueuse chevelure noire. Elle avait la silhouette gracile de sa mère, mais c'était de son père qu'elle tenait ces fascinants yeux d'améthyste ainsi que cette peau laiteuse d'Irlandaise que rehaussaient des sourcils sombres et soyeux.

Ne se rendant pas compte qu'on l'observait, elle s'apprêtait à faire demi-tour et à poursuivre son exploration, lorsqu'elle aperçut soudain un homme qui se dirigeait droit vers elle. Elle reconnut instantanément la veste fripée et le pantalon froissé de son chauffeur, ainsi que sa démarche nonchalante et ses longues enjambées. Elle se figea, en espérant qu'il s'approcherait suffisamment d'elle pour qu'elle n'ait pas à élever la voix.

Il l'avait vue, bien sûr, car il lui adressait de grands signes de la main et elle sentit ses joues s'empourprer de colère devant l'audace de ce rustre. Il vint se planter au bas du dôme de verdure.

— Bonjour! lança-t-il gaiement.

La jeune fille se contenta de lui jeter un regard froid.

— J'aimerais vous dire un mot, commença-t-elle, fermement campée sur les degrés de pierre comme si cette position stratégique l'investissait d'une mystérieuse et incontestable supériorité.

– Je vous écoute.

Un sourire déconcertant étira le visage anguleux.

– La route que vous avez empruntée hier pour me conduire ici, annonça-t-elle tout à trac, ce n'était pas un raccourci. Je me demande ce qui vous a poussé à prendre cette piste à peine carrossable. Je me demande également pourquoi vous vous êtes comporté de manière aussi insolente avec moi. Et j'ajouterai pour terminer que j'ai fait part de mon étonnement à M. Brady en ce qui concerne vos façons pour le moins cavalières.

– Vraiment?

Cette tirade semblait le laisser indifférent.

– Et qu'a-t-il dit?

– Il n'a pas eu l'air surpris le moins du monde. Il semble que votre comportement lui soit familier. J'en conclus que vous profitez honteusement de l'état d'affaiblissement actuel de mon oncle pour lui manquer de respect.

– Ah oui!

Il avait repris le laborieux accent rustique de la veille et elle fronça le sourcil.

– Je suis désolé, Madame. Je me montrerai plus respectueux avec M. Brady dorénavant, et avec vous aussi, bien sûr.

– Vous...

Elle fulminait et dans son regard éclatait la tempête. Il se contenta de porter à une imaginaire casquette un doigt négligent, en un geste d'une servilité révoltante, et tourna abruptement les talons.

– Bonne journée, Madame, chuinta-t-il dans son pesant patois d'opérette.

– Un instant, jeta-t-elle, courroucée. Votre nom, je vous prie. M.Brady vous appelle Kevin mais je n'ai pas l'intention de l'imiter. Je trouve ces familiarités de mauvais goût.

Il la dévisagea un instant sans répondre et elle se sentit rougir sous cet œil inquisiteur.

— Si M. Brady juge bon d'employer mon prénom, je pense que vous pouvez suivre son exemple, riposta-t-il avec raideur.

Sur ce, il s'éloigna, la laissant plantée sous les rosiers, toute bouillonnante d'indignation.

— L'impudent! siffla-t-elle à mi-voix en frappant du pied.

Elle suivit un instant du regard la silhouette longiligne; son petit nez était tout froncé de fureur. Elle décida de poursuivre sa promenade, mais elle avait perdu sa belle sérénité. D'un haussement d'épaules agacé, elle s'efforça de chasser de son esprit le souvenir d'une rencontre qui ne s'était pas déroulée selon ses désirs. Il lui sembla qu'elle était sortie défaite de cette joute oratoire et elle se maudit de ne pas avoir su trouver de réplique suffisamment cinglante pour remettre cet impertinent personnage à sa place.

Par bonheur, Liam la rejoignit peu après dans le jardin.

— On y va? s'enquit-il gaiement.

Les écuries étaient situées assez loin de la maison, tout au bout d'une allée bordée d'arbres centenaires qui dispensaient une ombre miséricordieuse par cette journée ensoleillée. Ils avançaient sans hâte sous la voûte fraîche.

— Il y a beaucoup de chevaux au domaine? demanda-t-elle paresseusement.

Des piétinements impatients leur parvenaient par les fenêtres du bâtiment de pierre.

— Plus maintenant. L'effectif est très réduit. Père ne peut plus monter et comme nous sommes à l'écart des circuits touristiques, nous ne louons plus de chevaux aux amateurs de randonnées. Notez que je ne m'en plains pas, ajouta-t-il aussitôt.

– Je vous comprends, le calme n'a pas de prix. L'air pur non plus, d'ailleurs. Quand je pense aux gaz d'échappement que respirent les citadins...

– C'est vrai, quel changement pour vous! remarqua le jeune homme en poussant la barrière d'un box.

– Oh oui! s'exclama Nerys, enthousiaste. Je n'ai jamais vraiment été une enfant de la ville. Nous y habitions à cause de papa et de ses affaires, c'est tout.

– Je me demandais... comment vous aviez réagi à la mort de votre père, risqua soudain Liam.

– Je ne sais plus, répliqua doucement la jeune fille. Quand le malheur s'abat sur vous, on serre les dents, on fait face de son mieux. Il n'y a pas de recettes, pas de conduite stéréotypée.

Elle aurait voulu trouver d'autres mots, plus chaleureux et plus réconfortants, pour lui montrer qu'elle comprenait le vrai sens de sa question. Mais ces mots ne venaient pas. Ils se connaissaient depuis si peu de temps...

– Je suppose que c'est la seule solution effectivement, remarqua-t-il quelques instants plus tard d'une voix altérée.

Il disparut et revint bientôt en tenant par la bride un grand bai à l'air placide.

– Je crois que cet animal devrait vous convenir. Ce n'est pas un sujet qui a été élevé chez nous, mais nos deux autres pensionnaires sont un peu vifs pour une main de femme. Ils pourraient vous donner du fil à retordre.

– D'autant que mes talents de cavalière ne sont plus ce qu'ils étaient, avoua Nerys. Un cheval docile me conviendra parfaitement.

Elle s'approcha pour caresser la croupe arrondie et musculeuse.

– C'est vrai qu'il a l'air doux.

– Il s'appelle Ben.

– Je suis sûre que nous nous entendrons très bien, assura la jeune fille en flattant l'encolure épaisse. N'est-ce pas, Ben?

Il l'aida à se mettre en selle et ressortit de l'écurie avec sa monture, un pur-sang noir, à la morphologie ample et au port de tête altier. A en juger d'après son assiette, Liam ne devait avoir aucun mal à maîtriser le noble animal qui caracolait joyeusement dans la cour.

— En route, jeta le jeune homme.

Les quadrupèdes semblaient tout heureux de sortir. Adoptant un trot souple, ils s'engagèrent sous la voûte ombragée. Le noir frémissait d'impatience et agitait sa tête longue et sèche, gêné par les reflets du soleil à travers les branches feuillues. Liam montait avec une maîtrise remarquable. Etait-ce le fruit d'une longue pratique, s'interrogea rêveusement la jeune fille, ou celui de l'hérédité?

Les gitans étaient des experts en matière d'équitation, peut-être avait-il hérité de ses ancêtres leur science innée. Nerys se reprocha aussitôt cette association d'idées baroque et jeta un regard en coulisse vers le visage modérément hâlé de son compagnon.

— On va jusqu'à la rivière?

En se retournant, il surprit l'air un peu coupable de la jeune fille.

— Ce n'est pas trop loin? s'enquit-il galamment.

— Non, non, fit-elle en rosissant derechef. Elle est à l'autre extrémité du parc, n'est-ce pas?

— Elle contourne la propriété, précisa-t-il avec un sourire. Si nous prenons à gauche ici, nous allons tomber droit dessus.

— J'y arriverai, alors, décida-t-elle.

Ils galopaient doucement sur la prairie immense et élastique. Nerys s'étonnait de ne pas avoir perdu la main. Ses pommettes étaient roses de plaisir et son compagnon lui jeta un regard approbateur.

— Pour une piètre cavalière, vous vous débrouillez très bien! s'exclama-t-il plaisamment.

— C'est vrai, je m'étonne moi-même, avoua la jeune fille en soupirant.

Ils firent halte sur un monticule herbeux d'où l'on apercevait une chaîne de collines trapues, ramassées sur elles-mêmes et comme prêtes à bondir sur une improbable proie.

– Ces coteaux là-bas, questionna Nerys, dans quel comté se trouvent-ils?

– Dans le comté de Tron, rétorqua un peu sèchement son compagnon.

La question le contrariait visiblement.

– Vous pensez que cela vaut la peine d'être vu?

– C'est un assez joli coin, concéda Liam, avec une réticence qui surprit la jeune fille.

Manifestement, ce sujet n'était pas de ceux qu'il aimait aborder, bien qu'elle ne comprît pas la raison de son irritation.

– Vous ne semblez pas apprécier beaucoup cette région, remarqua-t-elle en coulant un regard empreint de curiosité en direction du jeune homme.

– C'est là que père m'a trouvé.

Le ton était sec et bref.

C'était donc cela, se dit Nerys.

– Je suis désolée, Liam, murmura-t-elle, je l'ignorais.

Elle se pencha vers lui et lui étreignit impulsivement la main.

Il sourit avec un air d'excuse qui réchauffa ses yeux gris. Il avait l'air si vulnérable tout à coup, si étrangement démuni...

– Je n'ai aucune raison de m'apitoyer sur mon sort, vous savez. Votre oncle a réparé le mal que mes parents m'ont fait en m'abandonnant. Je devrais même leur en être reconnaissant en un sens.

– Mais... leur conduite a été indigne, bredouilla Nerys. Ils n'ont aucun droit à votre gratitude, il me semble!

Une lueur métallique traversa les prunelles d'acier.

– De quoi me plaindrais-je? N'ai-je pas été élevé pendant dix-sept ans par le meilleur des pères? Quand je pense à la dette que j'ai contractée envers lui, je frémis. Comment pourrai-je lui rendre tout le bien qu'il m'a fait? Si ce n'est en exécutant toutes ses volontés, même si elles vont à l'encontre de mes souhaits propres. Et même ainsi, je resterai son débiteur.

Mystifiée, Nerys se tourna vers son compagnon. Cette arithmétique du cœur, l'âpreté des propos et l'abîme de sous-entendus qu'ils recelaient la troublaient d'une manière indéfinissable. L'accent de sincérité de cette voix, l'expression déterminée de ce visage étaient évidents.

— Je ne pensais pas revoir mon oncle un jour, murmura-t-elle comme pour elle-même. Je le savais très souffrant et je n'imaginais pas que je puisse me retrouver à ses côtés en Irlande dans cette propriété dont mon père m'a toujours tant parlé.

Elle interrompit cette amorce de confidence.

— Voyez-vous il a beaucoup insisté pour que je me rende à Croxley.

Liam eut un bref hochement de tête.

— Je mets ce désir sur le compte de sa sentimentalité. A part vous, je suis toute sa famille. Et il a voulu me revoir avant de...

Nerys s'arrêta net, et se mordit les lèvres.

— Je me souviens comme si c'était hier du jour où la maladie l'a frappé pour la première fois, enchaîna Liam. Il a refusé de se soigner, arguant que cette attaque n'était qu'un petit avertissement dont il préférait ne pas tenir compte. Vous connaissez son obstination. Il a fallu qu'il en subisse plusieurs autres pour se décider à se soigner réellement. Maintenant...

Visiblement très ému; il n'acheva pas.

— Vous ne savez pas ce que vous représentez pour lui, chuchota la jeune fille, bouleversée. Il a toujours rêvé d'avoir une grande famille et vous avez remplacé à vous seul tous les enfants qu'il n'a pas pu avoir. Vous êtes quitte envers lui, Liam.

– Je me suis contenté d'être présent, de l'épauler de mon mieux. Mais je n'oublie pas tout ce que je lui dois. C'est pourquoi je lui obéirai en tout. Vous ne pouvez vous imaginer à quel point je tiens à lui.

– Vous comptez infiniment pour lui, vous aussi, répliqua Nerys dans un souffle.

Elle sentait, sans se l'expliquer, la crainte qui l'obsédait à l'idée de décevoir son père adoptif.

– Vous aussi, Nerys, souligna le jeune homme.

– C'est normal, s'écria-t-elle gaiement, nous faisons, parti du clan des Brady, non?

Il lui jeta un bref regard de biais, sembla sur le point d'ajouter quelque chose, se ravisa et, éperonnant sa monture, il s'élança, suivi de près par Nerys.

Ils chevauchèrent jusqu'à la rivière et mirent pied à terre, laissant les chevaux détendre leurs muscles fatigués. L'eau claire dévalait à grand bruit le long du lit profond.

Un fouillis végétal encombrait les rives de leurs arbustes et de leurs buissons. Le gazon s'arrêtait juste au bord du cours d'eau.

– Quelle paix, murmura la jeune fille en baissant instinctivement la voix. J'aime cet endroit. Il me semble que j'y vivrais sans problème.

– Pourquoi pas? hasarda son compagnon.

Elle leva vivement la tête, surprise par cette proposition voilée.

– Mmm, fit-elle, le sourire aux lèvres, et ne sachant trop que répondre. Si vous me parliez un peu des inconvénients de la vie à la campagne? L'hiver, par exemple, je suis sûre que vous êtes bloqués par les neiges...

– Allons, coupa le jeune homme en éclatant d'un rire sonore. Nous ne sommes pas si isolés que cela.

Nerys émit un soupir vague. Une bergeronnette fondit prestement sur les eaux turbulentes en quête de son petit déjeuner.

– C'est le paradis ici, en cette saison. Il ne manque plus qu'Eve dans cet Eden, attaqua plaisamment la jeune fille.

La soudaineté de la remarque parut décontenancer Liam.

Avait-elle abordé un sujet tabou?

– Je ne suis pas Adam, éluda-t-il avec gêne.

Cette réponse prosaïque et plate ne donna pas le change à Nerys. Cela cachait sûrement quelque chose, mais elle décida de s'en tenir là et de ne pas pousser le jeune homme dans ses retranchements. Elle saurait respecter le secret de sa vie privée. Ne disait-on pas que les bohémiens avaient le goût de l'ombre et du mystère?

Elle se tourna vers lui et surprit son regard braqué vers l'autre rive, comme s'il s'attendait à voir surgir une silhouette familière.

– Qui habite dans ce petit cottage?

Elle venait d'entrevoir une maison minuscule aux murs chaulés de frais, enfouie dans la verdure. Liam demeura muet un instant, les yeux toujours fixés dans cette direction.

– Tom Flaherty, finit-il par répondre.

– Voilà un nom qui sonne bien irlandais, commenta légèrement la jeune fille en s'efforçant d'égayer l'atmosphère. Serait-ce un de ces vieux paysans qui bougonnent tout le temps? Un vieux bonhomme bon à rien et attendrissant?

– Ni l'un ni l'autre.

Liam marqua un temps d'arrêt avant de poursuivre à contrecœur :

– C'était le garde du domaine dans le temps. Il est à la retraite maintenant.

– Il vit seul.

Le jeune homme sembla hésiter.

– Non, avec sa petite-fille.

– Je vois.

Elle eut un petit rire embarrassé.

– Vous me trouvez curieuse?

– Ni plus ni moins qu'une autre, rétorqua-t-il, une lueur de malice au fond des prunelles. Tout le monde aime poser des questions. C'est bien naturel.

– Voilà une façon aimable de me conseiller de me mêler de mes affaires, je suppose, lança Nerys en souriant.

Elle lui adressa une grimace mutine qui ne parvint pas à l'enlaidir.

– Rentrons, voulez-vous? décréta-t-il brusquement.

Nerys eut un petit haut-le-corps de surprise.

– Bien sûr, acquiesça-t-elle aussitôt. Si vous y tenez...

Elle jeta un dernier coup d'œil en direction de la chaumière blanche perdue dans son nid de verdure. Il y avait quelqu'un dans le jardin microscopique. Une tache colorée passa fugacement devant le mur chaulé. Homme ou femme, la jeune fille n'aurait pu se prononcer avec certitude.

Liam l'aida à se remettre en selle.

– Il vaut mieux doser vos efforts. N'oubliez pas que vous manquez de pratique. Vous allez être raide comme un bout de bois ce soir, plaisanta-t-il.

– Certainement, admit-elle. Le meilleur remède contre les courbatures, c'est de monter régulièrement, non?

– Alors j'espère que vous m'accompagnerez souvent dans mes promenades. Les chevaux ne sortent pas assez et je serai toujours heureux de vous avoir en ma compagnie.

– Merci! lança-t-elle en esquissant un salut comiquement cérémonieux du haut de sa monture. Je vous le rappellerai à l'occasion. J'aimerais aussi faire de grandes randonnées à pied dans la région. J'apprécie autant la marche que l'équitation.

Le visage de Liam s'allongea.

– Moi aussi, j'aimais la marche. Mais je suis devenu

paresseux, Je ne me déplace plus qu'à cheval ou en voiture.

Nerys lui décocha un clin d'œil moqueur.

– Attention aux kilos superflus! Vous allez vous enrober!

Le ragard gris s'anima.

– Voilà un risque que vous ne courez pas, déclara-t-il en examinant d'un air approbateur la svelte silhouette qui caracolait à ses côtés.

Ils s'engageaient dans l'allée principale flanquée de ses majestueux piliers de pierre. Un peu plus loin, à l'abri derrière un rideau d'arbres, se dressait le pavillon où demeurait l'idole de Mme Duffy.

Le petit bâtiment aux murs crépis à la chaux ponctuait de blanc la végétation environnante. Nerys se demanda distraitement si le praticien était chez lui.

– Le docteur Duncan est-il en consultation à cette heure-ci?

Liam haussa un sourcil agacé.

– C'est probable, fit-il avec laconisme après avoir consulté sa montre.

Une expression d'amusement indulgent se peignit sur son visage.

– Toujours votre intérêt pour vos semblables, je présume, railla-t-il gentiment.

Piquée, Nerys arrondit les lèvres en une moue boudeuse.

– Mme Duffy m'a tellement parlé de lui, protesta-t-elle d'un air d'excuse.

– Cela ne me surprend pas, lança le jeune homme d'un ton vibrant. Elle l'idolâtre.

– Comme tout le monde par ici, ajouta Nerys. C'est en tout cas ce que j'ai cru comprendre, ajouta-t-elle précipitamment en remarquant l'air maussade de son compagnon.

– Ce n'est pas entièrement faux, reconnut-il de mauvais gré.

Mais la ride chagrine qui barrait son front et l'intonation assez sèche de sa voix démentaient ses propos. Il grimaça un sourire sans joie.

– Je dois avouer que je ne fais pas partie du club de ses admirateurs. Pour être tout à fait franc, je le trouverais plutôt antipathique.

– Je vois, fit évasivement Nerys.

Elle décida qu'il était préférable de ne pas l'interroger sur les raisons de cette humeur.

– Oncle Sean partage-t-il votre point de vue? Si c'est le cas, je me demande pourquoi il a accepté de lui louer le pavillon.

– Non, répliqua brièvement Liam. Il apprécie Duncan et il ne comprend absolument pas mes réticences à son égard. Mais je vous prie de croire qu'elles sont fondées.

– J'espère que vous n'aurez pas à recourir à ses services, lança Nerys avec bonne humeur.

– C'est un excellent médecin, s'empressa d'affirmer le jeune homme. Ses compétences professionnelles n'entrent pas en ligne de compte dans l'antipathie que j'éprouve pour lui.

Un air de tristesse assombrit le visage hâlé.

– Je crois bien que sans lui père ne serait plus de ce monde.

Nerys s'étonna de cet aveu flatteur.

– Notre dette envers lui est bien grande dans ce cas, murmura-t-elle. Je m'étais imaginé que c'était un simple médecin de campagne, sans envergure, tout juste capable de soigner des égratignures habituelles et de pratiquer un ou deux accouchements.

Son compagnon se dérida.

– Vous semblez oublier que nous sommes en Irlande. Le village compte une trentaine de couples mariés et prolifiques. Avec le taux de natalité qui sévit par ici, railla-t-il, je vous assure que le docteur ne chôme pas!

30

Nerys ne put s'empêcher de rire.

— Je n'y pensais plus, avoua-t-elle. Il y a de quoi occuper un médecin à plein temps.

Liam joignit au sien son rire sonore

— La réputation du docteur Duncan est tout à fait justifiée, admit-il comme à regret. Quant à sa joie de vivre et à son dynamisme, ils sont tellement contagieux qu'ils accomplissent des miracles sur ses patients. Je pense à l'influence tonique qu'il a eue sur père, par exemple. Mais...

— Vous ne l'aimez pas, acheva Nerys. Comme c'est dommage!

Liam haussa les épaules.

— Je vous le répète, j'ai mes raisons. Les points de friction ne manquent pas entre nous. Tenez, est-ce qu'il ne s'était pas mis en tête de garer ce monstre antédiluvien qui lui sert de véhicule au beau milieu de l'allée? Quel spectacle affligeant! Nous avons échangé des propos aigres-doux. Finalement, j'ai eu gain de cause.

Nerys fixait son compagnon, les yeux arrondis de stupeur.

— Ce monstre antédiluvien? reprit-elle, incrédule. Vous voulez dire que ce tas de ferraille... bégaya-t-elle, saisie. A quoi ressemble ce docteur Duncan? réussit-elle à articuler faiblement.

La description de Liam serait certainement plus digne de foi que celle de Mme Duffy. A moins que ses sentiments hostiles ne l'amènent à brosser une caricature aussi peu fidèle à l'original que le portrait élogieux de la gouvernante.

— Comment vous le dépeindre? commença le jeune homme pensivement. Il est grand, roux, sans plus...

— Et sa voiture? risqua Nerys dans un souffle. Comment est-elle

— Ce n'est qu'un vieux tacot tout juste bon pour la casse.

La jeune fille pâlit.

– Elle est noire? Avec des chromes tout cabossés? balbutia-t-elle.

– Oui, c'est bien cela.

– Oh, mon Dieu! s'exclama Nerys d'une voix sourde, et de pâle elle devint blême.

– Que vous arrive-t-il? s'enquit Liam mi-amusé, misérieux.

– Rien, répliqua sa compagne d'un ton lugubre. J'ai commis une horrible méprise. J'ai pris l'individu qui est venu me chercher à la gare hier pour un vulgaire domestique. Et je lui ai adressé les remontrances les plus vives pour son insolence.

Elle tourna vers son cousin un regard plein de confusion.

– Or cette homme n'est autre que le docteur Duncan!

3

En sautant à bas de son lit le lendemain matin, Nerys avait décidé qu'il ne lui restait qu'une chose à faire, s'excuser auprès du médecin. La démarche ne s'avérait pas aisée, surtout après la façon dont elle avait condamné son prétendu manque de respect pour son oncle. Alors que ses soins attentifs et diligents avaient au contraire fait merveille.

La veille, elle avait espéré qu'elle le croiserait de nouveau et qu'elle le rencontrerait pour ainsi dire sur son propre terrain. Mais il était reparti si vite après la visite matinale qu'il rendait quotidiennement à son oncle qu'elle n'avait pas eu le temps de l'intercepter.

Elle se réveilla plus tôt que de coutume, incapable de se rendormir car elle s'agitait entre les draps, tournant et retournant ces événements dans sa tête. Quand elle descendit, elle trouva Mme Duffy occupée à mettre la table pour le petit déjeuner. Elle rougissait d'humiliation à l'idée de devoir se rendre chez cet homme pour lui présenter ses excuses. Elle eut un mouvement de recul en repensant à l'accent épais qu'il s'était amusé à prendre pour lui parler. Pourquoi ne s'était-il pas nommé au lieu de jouer cette comédie ridicule et de la laisser se débattre dans une situation grotesque? Il avait sa part de responsabilité dans cette affaire, tout autant qu'elle, et elle ne se ferait pas faute de le lui signifier.

Mme Duffy lui servit une tasse de café en attendant que les œufs au bacon soient prêts.

— Vous voilà debout de bien bonne heure, commenta-t-elle gaiement. Le beau temps vous a tirée du lit?

— Oui, acquiesça mollement Nerys.

Elle émiettait machinalement un morceau de pain.

— Madame Duffy, à quelle heure ai-je le plus de chances de trouver le docteur Duncan chez lui?

Les yeux bleus exprimèrent aussitôt une inquiétude quasi maternelle.

— Le docteur Duncan? répéta-t-elle de peur d'avoir mal entendu.

— Oui, s'impatienta la jeune fille.

— Vous ne vous sentez pas bien, Miss Brady? s'enquit aussitôt la gouvernante. C'est pour cela que vous êtes descendue si tôt?

— Oh non, se récria vivement Nerys. Il ne s'agit pas de ma santé. Je voulais simplement lui dire un mot, acheva-t-elle maladroitement.

— Si c'est seulement pour lui rendre une visite de politesse... commença Mme Duffy, visiblement soulagée.

Son front se plissa sous le poids de la réflexion.

— Il reçoit les malades à son cabinet jusqu'à dix heures ou dix heures et demie, poursuivit-elle, ensuite il se rend chez ceux de ses patients qui sont trop mal en point pour se déplacer.

Elle semblait effectuer de très complexes calculs dans sa tête.

— Je pense qu'il devrait être de retour en fin de matinée, jeta-t-elle avec un sourire triomphant, en livrant le fruit de ses étranges additions. A moins que Mme McCarthy ne décide de mettre son enfant au monde, auquel cas il lui faudrait se précipiter à son chevet. La naissance est pour très bientôt, maintenant.

— Donc, résuma Nerys, il sera chez lui à midi, c'est bien celà? Merci, madame Duffy.

La gouvernante eut un gloussement affectueux.

– Vous ne voulez pas m'appeler Duffy, comme tout le monde?

Nerys se sentit gagnée par cette gaieté contagieuse.

– C'est entendu, promit-elle. Puisque vous y tenez!

La jeune fille prit son petit déjeuner en compagnie de Liam et de son oncle. Elle essaya tant bien que mal de dissimuler sa nervosité. Elle passa la matinée avec son oncle dans la petite pièce aux grandes baies vitrées. Elle fut ravie d'apprendre que le docteur Duncan ne viendrait pas visiter son malade ce matin-là. Tant mieux, elle n'aurait pas à s'excuser devant Sean Brady.

Ce dernier semblait comblé par la présence de sa nièce.

– Comme c'est gentil de ta part, mon enfant, de me consacrer ton temps. Mais il ne faut pas que ce soit au détriment de ta santé. Tu dois t'aérer, respirer notre bon air vivifiant, mon petit. Tu es restée trop longtemps en ville, tes joues me semblent pâlottes.

– Ne vous inquiétez pas, mon oncle, j'ai projeté une promenade tout à l'heure. Mais j'ai tout le temps.

Le coup d'œil furtif qu'elle coula en direction de la pendule ne lui échappa pas.

– Aurais-tu un rendez-vous? s'enquit-il avec bonhomie. Avec Liam, peut-être, pour faire du cheval?

La jeune fille eut un hochement de tête gêné. Elle hésitait à confier à son oncle le but de son excursion, mais elle ne voulait pas non plus avoir l'air de lui dissimuler quelque chose.

– Nous ne montons pas aujourd'hui, Liam a trop à faire.

– Allons, ne me dis pas qu'il est trop occupé pour t'emmener faire un tour, protesta-t-il galamment. J'aurai du mal à le croire.

– C'est pourtant vrai, balbutia Nerys qui sentit qu'une

explication devenait inévitable. Je... bafouilla-t-elle, j'ai une visite à rendre.

– Oh!

Une lueur rusée passa, lui sembla-t-il, dans les yeux profondément enfoncés dans leur orbite, mêlée d'une certaine dureté aussi.

– Je pensais aller voir le docteur Duncan, acheva-t-elle, cramoisie.

– Vraiment?

Le ton ne dénotait aucun enthousiasme, bien au contraire. Elle le remarqua avec stupeur.

– Oui, reprit la jeune fille, embarrassée, Mme Duffy m'a tellement parlé de lui, et en termes si élogieux, que cela a attisé ma curiosité

– « Ta curiosité »? souligna-t-il en détachant les syllabes.

Elle se rendit compte de sa maladresse.

– Tu as fait sa connaissance hier. Que veux-tu savoir de plus sur Kevin?

– C'est-à-dire que... j'ai commis une erreur épouvantable, bredouilla Nerys, sentant ses joues s'empourprer. Je n'ai pas compris que c'était lui.

Son oncle la fixait d'un air franchement ébahi.

– Que veux-tu dire?

Et soudain un large sourire étira son visage creusé par la maladie.

– Tu ne savais pas le nom de ton chauffeur, c'est cela?

Nerys baissa la tête avec accablement.

– Oui, avoua-t-elle tout bas.

Le rire qui secoua son oncle vint ajouter encore à son malheur. Comment trouvait-il le cœur de se gausser d'elle ainsi?

– Quand je l'ai vu, j'ai pensé que c'était quelqu'un du domaine, un domestique que vous aviez envoyé à ma rencontre.

36

– Et tu l'as remis à sa place, m'as-tu raconté?

Une vague de gaieté déferla sur le visage fatigué du malade.

Nerys se demanda ce qui pouvait bien provoquer une hilarité si blessante pour son amour-propre.

– Que lui as-tu donc dit? hoqueta Sean Brady, comme soulevé par un fou rire irrépressible.

– Je lui ai clairement signifié mon opinion sur son attitude, commença plaintivement la jeune fille. Comment pouvais-je deviner qui il était? Ce n'est pas parce qu'il s'est cru humilié qu'il devait me conduire sur cette piste pleine de trous!

– C'est vrai qu'il correspond bien mal à l'idée que l'on se fait généralement d'un médecin, concéda son oncle. Et pourtant, c'est bien sa profession et il l'exerce avec compétence.

– Je sais, mon oncle, Liam me l'a déjà fait observer.

Elle redressa soudain la tête, d'un air belliqueux.

– S'il n'y avait que cela, jeta-t-elle en s'animant. Mais cet abominable engin auquel il ose donner le nom de voiture... J'ai été prise de panique quand il m'a demandé de monter dedans.

– Et tu le lui as laissé voir?

– Pire, admit la jeune fille. Je lui ai dit ce que je pensais de cet antique véhicule.

– Alors, je comprends pourquoi il a emprunté la vieille route. « Cet antique véhicule », comme tu l'appelles est un sujet de fierté pour lui. Il ne fallait pas le critiquer comme tu l'as fait.

– Mais... bredouilla Nerys, c'est une ruine! Et puis il m'a menti. Ce chemin n'est pas du tout un raccourci.

– Mentir, souligna Sean Brady, est un terme un peu fort. Disons que Kevin aime s'amuser aux dépens de ses semblables quand l'occasion se présente.

– C'est un menteur, insista Nerys, sous ses airs innocents.

— C'est vrai qu'il est bon comédien à ses heures, reconnut son oncle.

Il la dévisageait d'un air perplexe.

— Tu es tellement montée contre lui, je ne comprends pas pourquoi tu tiens à aller le voir.

Elle hésita, se lança bravement.

— J'ai pensé que je lui devais des excuses.

— Voilà une démarche courageuse. Je crois que la majorité des femmes se contenteraient d'oublier au plus vite cet incident pénible. De toute façon, je suis certain que Kevin ne sera que trop heureux d'enterrer la hache de guerre.

Alors qu'elle cheminait à petits pas le long de l'allée, la jeune fille se demandait si le médecin se montrerait aussi prompt à faire la paix que son oncle avait l'air de le penser. Il ne lui avait pas paru particulièrement conciliant; toutefois, il lui fallait bien reconnaître qu'elle n'avait pas été dans les dispositions souhaitées pour l'apprécier à sa juste valeur. Elle se rendit compte avec étonnement qu'elle aurait été incapable de le décrire bien que l'ayant rencontré deux fois déjà.

Le cœur battant, elle s'approcha du menu cottage blanc, hésita et faillit rebrousser chemin à l'idée de se trouver face à face avec son occupant. Son oncle avait loué son courage mais elle sentait celui-ci l'abandonner. Elle fit un effort et, le menton fièrement levé, elle se dirigea résolument vers la porte laquée en noir.

Elle frappa et attendit, le rouge aux joues. Pas de réponse. Elle se décida à tambouriner une deuxième fois. Des pas résonnèrent derrière le battant, qui s'ouvrit avec une soudaineté pour le moins déconcertante et elle l'aperçut brièvement. Il enfila le couloir étroit avec précipitation, sans même se retourner.

— Allons, venez. J'ai besoin d'aide.

Elle franchit précautionneusement le seuil et déboucha

dans une pièce de proportions modestes qui était sens dessus dessous. Les petites fenêtres percées assez bas dans les murs ne dispensaient que peu de clarté, mais cette semi-obscurité n'avait rien de déplaisant. Elle donnait une impression de fraîcheur. Des bruits divers lui parvenaient de la pièce du fond. Aucune trace du docteur Duncan. Dans sa hâte, il ne l'avait pas reconnue sans doute.

— Bonjour, risqua-t-elle en haussant le ton.

— Bonjour! répondit une voix bourrue. Dépêchez-vous de mettre la bouilloire à chauffer.

Il y avait quelque chose de pressant dans l'intonation, aussi s'empressa-t-elle d'obtempérer.

— Merci, entendit-elle grommeler.

Il devait avoir perçu le bruit métallique de la bouilloire posée hâtivement sur la cuisinière. Nerys balaya la pièce d'un coup d'œil circulaire. Elle se demandait ce que l'on attendait d'elle.

— Venez par ici, ordonna de nouveau la voix nette.

— Mais... commença-t-elle, debout sur le seuil.

— Pas de questions, énonça-t-il brièvement. J'ai besoin de vous.

Le ton péremptoire réveilla sa fureur.

— Vous n'imaginez pas que...

— Pour l'amour du ciel, taisez-vous et rendez-vous utile, ou bien allez-vous-en! Vous voyez bien que nous sommes occupés.

Nerys comprit tout à coup qu'elle était dans son cabinet et qu'il était en train d'examiner une patiente. A demi dissimulée derrière un paravent dressé dans un coin de la pièce, une femme était allongée sur la table d'examen. Un visage poupin et avenant se tourna dans sa direction.

— Ne vous en faites pas, déclara avec sang-froid la malade.

La sueur perlait abondamment à son front, ses yeux étaient creux et ses traits horriblement tirés.

— Nous nous débrouillerons bien sans vous.

Nerys s'aperçut avec stupeur qu'elle était près d'accoucher. Le docteur Duncan ne broncha pas, il continuait à ausculter sa patiente.

– Que puis-je faire? proposa impulsivement la jeune fille.

– A la bonne heure!

Il lui adressa un sourire d'encouragement.

– Dès que l'eau sera chaude, versez-la dans ce récipient.

Elle repartit vivement vers la petite pièce, un peu décontenancée par la tournure que prenaient les événements. Saurait-elle se montrer à la hauteur de la situation?

– Où dois-je poser cette cuvette?

– Par là, fit-il vaguement. Et approchez! Il n'y en a plus pour longtemps maintenant, madame McCarthy. A trois, cela va aller très vite.

– Mais... objecta la jeune fille qui se sentit pâlir, je ne vois pas ce que je peux faire. Je n'ai jamais assisté à un accouchement.

– Aucune importance, déclara-t-il d'un ton uni. Mme McCarthy et moi, nous connaissons la marche à suivre.

Tout se passa si vite et c'était tellement passionnant que Nerys observa avec un intérêt croissant le déroulement de l'ultime étape de ce merveilleux processus. Elle poussa un soupir de pur ravissement lorsque le bébé se mit à crier.

Il était tout fripé et hurlait avec une énergie et une constance peu communes, mais elle était enchantée d'avoir participé tant soit peu à son arrivée dans le monde.

Le docteur Duncan la regardait, une expression de fierté peinte sur son visage aux traits irréguliers.

– Vous voyez, ce n'est pas bien difficile.

– Non, reconnut-elle en rendant à l'heureuse mère son sourire.

Un crissement de pneus se fit entendre. Une pluie de gravillons gifla le battant de la porte d'entrée.

— Trop tard, comme d'habitude, commenta avec humour le médecin. Voulez-vous aller leur ouvrir?

On actionnait impatiemment le heurtoir. Elle se précipita.

— Que Dieu vous bénisse, docteur! murmura faiblement Mme McCarthy tandis que les ambulanciers la déposaient sur le brancard.

— C'est vous qui avez fait tout le travail, protesta Kevin. Je vous ai un peu aidée, c'est tout.

— Merci à vous aussi, mademoiselle.

— C'était bien peu de chose, assura la jeune fille. J'aurais souhaité pouvoir faire davantage.

Du reste, elle disait vrai. Cette expérience l'avait bouleversée.

Ayant claqué la portière de la voiture, le médecin rentra et se dirigea vers le petit évier du coin cuisine.

Il était en bras de chemise et avait l'air échevelé mais étrangement exalté.

— Je vais me passer les mains sous le robinet et je suis à vous.

— Je ne veux pas vous déranger, commença la jeune fille d'une voix altérée.

Se retrouver seule avec lui la mettait mal à l'aise.

— Vous savez que vous vous êtes très bien comportée pour une débutante, lança-t-il, jovial.

Nerys se sentit rougir jusqu'à la racine des cheveux sous ce compliment non dénué d'aimable raillerie.

— Vous l'avez souligné vous-même, c'est Mme McCarthy qui a accompli la totalité du travail ou presque.

— C'est que Mme McCarthy est loin d'être une débutante, elle! s'exclama-t-il avec feu. Savez-vous qu'elle a mis au monde aujourd'hui son douzième enfant?

— Seigneur! s'écria Nerys, horrifiée. Mais elle ne m'a pas paru si âgée que cela. Enfin, je veux dire...

— Inutile, coupa le médecin, sarcastique. Je sais ce que vous allez dire. C'est hors de question. J'ai essayé tous les arguments, mais en vain. Ceux du Père Kerry sont beaucoup plus convaincants.

— Elle est assez grande pour savoir ce qu'elle fait, je suppose, murmura précipitamment Nerys, peu désireuse de poursuivre sur ce terrain. en tout cas, son visage radieux faisait plaisir à voir. Elle est probablement en train de gagner son paradis sur terre de cette façon.

— Peut-être, concéda-t-il en grimaçant un sourire devant ce raisonnement hâtif. Dire qu'elle n'a même pas eu l'idée de m'appeler; elle s'est traînée jusqu'ici à pied.

Il eut un haussement d'épaules philosophe.

— C'est sans doute ce qui a précipité les événements. Dans ce cas, c'est tant mieux pour elle.

— Les femmes ne sont pas forcément aussi stupides qu'elles en ont l'air, ne put s'empêcher de remarquer la jeune fille.

Il la regarda avec une nuance de doute amusé.

Elle profita de ce qu'il était occupé à se savonner les mains, pour l'examiner. Jusqu'à présent, elle n'en avait guère eu le loisir.

Duffy avait mentionné sa chevelure rousse. Il avait les cheveux roux, c'était un fait, mais d'une teinte discrètement dorée. Rien à voir avec le flamboiement évoqué par la gouvernante. D'une texture très fine, ils avaient l'air doux comme un duvet d'enfant. Une longue mèche barrait son grand front. Ses yeux, pour autant qu'elle pût les voir, étaient bleus et pétillaient de malice contenue chaque fois qu'il se tournait vers elle. Quant à son sourire, elle ne se rappelait plus à quoi Mme Duffy l'avait comparé, mais il était vaste et étirait agréablement le visage asymétrique.

— J'aimerais bien savoir ce que vous êtes venue faire ici, annonça-t-il abruptement en la détaillant de la tête aux pieds avec lenteur.

« Quelle insolence! se dit Nerys. Il récidive. »

— Selon toute apparence, ce n'est pas le médecin que vous êtes venue consulter.

– En effet, convint Nerys qui se demanda subitement si sa démarche n'était pas un peu absurde.

– Laissez-moi deviner.

Une lueur dangereusement espiègle s'était allumée au fond de ses prunelles.

– Vous voulez que je vous emmène à Traveree?

Elle baissait obstinément la tête, elle aurait souhaité disparaître maintenant.

– Je... je suis venue vous présenter mes excuses, docteur Duncan.

Les mots avaient eu du mal à franchir ses lèvres.

Elle sentit peser sur elle un regard insistant.

– Des excuses? reprit-il en écho. Pourquoi cela?

Elle s'humecta les lèvres et articula avec peine.

– Pour la façon dont je vous ai parlé.

Elle releva soudain la tête et surprit l'air incroyablement malicieux.

– Je ne savais pas qui vous étiez.

– Oui, répliqua-t-il d'un ton enjoué. C'est ce que j'ai cru comprendre. Toutefois, ce n'était pas une raison pour vous conduire comme vous l'avez fait. Il serait temps que l'on vous apprenne à vivre.

– Que...

Elle le fusilla du regard et bondit de sa chaise.

– C'est vous qui osez dire cela? explosa-t-elle. Votre attitude est inqualifiable. Vous m'avez délibérément menti au sujet de ce prétendu raccourci. Je suis arrivée chez mon oncle couverte de bleus.

– Je n'en doute pas, remarqua-t-il avec une évidente satisfaction.

– Tout cela à cause de votre horrible tacot, jeta-t-elle, haletante de rage, en prenant soin d'utiliser l'épithète qui le piquerait au vif si, comme son oncle le lui avait confié, il tenait à cette guimbarde comme à la prunelle de ses yeux.

Il fronça les sourcils : elle avait fait mouche.

– Je vous défie d'en trouver un semblable!

– Et pour cause! lâcha-t-elle avec un petit reniflement sarcastique. En tout cas, j'aime autant vous prévenir que je n'ai aucune intention de remettre les pieds dans cette « merveille » ambulante.

Il sourit en la voyant frotter discrètement la partie la plus charnue et la plus meurtrie de son individu.

– Il fallait bien que je vous donne une petite leçon, non?

– Vous vous êtes comporté comme un rustre et comme un odieux personnage!

Sa voix dérapa et elle se tut, rouge d'indignation.

– Je croyais que vous étiez venue vous excuser? observa-t-il calmement. Vous voilà revenue à la case départ!

Nerys prit une profonde inspiration, essayant désespérément de recouvrer son sang-froid.

– C'était bien mon intention, en effet, concéda-t-elle. Mais je constate que mon oncle s'est trompé.

– Vraiment? En quoi?

Il la dévisageait d'un air narquois.

– Il pensait que vous seriez heureux d'enterrer la hache de guerre, expliqua-t-elle avec raideur. C'est apparemment faux.

– Comment voulez-vous que je proclame une trêve, si vous déclenchez aussitôt de nouvelles hostilités!

– Il vaut mieux que je m'en aille, déclara Nerys, levant le menton avec dignité. Je vois que l'on ne peut pas vous parler sérieusement et que vous êtes décidé à jouer les provocateurs.

– Moi? fit-il avec un air de reproche très bien imité. La créature la plus inoffensive qui soit, bouffonna-t-il en reprenant son impossible accent du terroir.

Les jolis sourcils se froncèrent de rage impuissante.

– Abandonnez donc ces intonations campagnardes, vous vous êtes assez moqué de moi l'autre jour à la gare, jeta-t-elle, acide.

— J'ai cru bien faire, protesta-t-il suavement. Vous aviez l'air d'une marquise en villégiature sur ses terres. J'ai tenté de me montrer à la hauteur de la situation!

Elle rougit au souvenir du ton impérieux sur lequel elle s'était adressée à lui le jour de son arrivée.

— J'étais exténuée... bredouilla la jeune fille, ce voyage s'était déroulé dans des conditions épouvantables.

La nécessité de se justifier devant lui la remplissait de fureur.

— Pour couronner le tout, votre valise s'est ouverte malencontreusement, répandant aux pieds de ce bon Murphy les trésors que vous y aviez soigneusement entassés.

Le sourire qu'il lui lança exaspéra la jeune fille.

— Oui, et vous vous êtes mis à rire, vous et ce vieux hibou, bredouilla-t-elle, courroucée.

— Je le reconnais volontiers. Nous avons osé sourire. Mais c'était tellement drôle!

— Je suis ravie que cela vous ait distraits. Pas moi.

— Je suis désolé.

Le ton était sincère, les excuses inattendues.

— Vous voulez toujours faire la paix?

Elle eut un moment d'hésitation, encore sous le coup de l'irritation. Et puis, elle ne voulait pas avoir l'air de capituler aussi facilement.

— Oui, finit-elle par déclarer.

— Ça y est? Je suis absous?

La lueur malicieuse brillait au fond de ses prunelles. Comment savoir s'il parlait sérieusement ou non?

— Je vous pardonne, décréta-t-elle avec la mansuétude d'un suzerain qui laisse la vie sauve à un manant surpris en train de braconner sur ses terres.

— Merci, ma bonne dame, mille mercis, bouffonna-t-il aussitôt, portant un doigt à une imaginaire casquette de garde-chasse.

Les yeux de Nerys jetèrent des flammes. Elle bouillait de rage.

– Oh! s'écria-t-elle avec impuissance, vous êtes un...

Elle s'arrêta, faute d'un qualificatif suffisamment imagé et insultant.

Toute tremblante de fureur, elle était ravissante. Les cheveux en bataille, les joues fardées par le courroux, elle se dressait devant lui comme un jeune fauve prêt à bondir.

– Je n'en entendrai pas davantage, reprit-elle impérieusement. Je ne resterai pas une minute de plus dans cette maison.

– Vous savez que la colère vous sied à ravir? commenta placidement l'objet de son courroux.

Nerys croisa les bras sur sa poitrine d'un geste rageur.

– Pourquoi ne pas nous réconcilier? Vous ne voulez pas me donner le baiser de la paix?

Les yeux violets étincelèrent.

– Adieu, docteur Duncan, jeta-t-elle en serrant les dents mais d'une manière fort distincte.

– Au revoir, corrigea-t-il, puisqu'il paraît que vous allez séjourner encore quelque temps parmi nous.

– C'est exact, mais croyez bien que je mettrai un point d'honneur à vous éviter, lança-t-elle avec emphase, en s'éloignant, le buste raide.

– Miss Brady!

Nerys se retourna comme piquée par une guêpe.

– Je ne vous ai pas remerciée pour votre aide.

La jeune fille haussa les épaules et reprit le chemin du manoir. Un soupir excédé lui échappa. Il s'agissait bien de Mme McCarthy!

4

Le lendemain, il fit également un temps radieux. Nerys devait retrouver Liam près des écuries. Ils avaient projeté une nouvelle sortie et la jeune fille s'en réjouissait à l'avance. Cette promenade avait été prévue pour l'après-midi, car son cousin avait une matinée chargée et n'avait pu se libérer avant. Il prenait son travail de régisseur avec un sérieux extrême.

Nerys s'engagea d'un pas nonchalant sous la voûte feuillue qui dispensait une ombre délicieuse. Elle ne se pressait pas car elle avait tout son temps. Le soleil alanguissait sa démarche, elle en savourait la caresse contre sa joue.

Personne en vue, Liam n'était pas encore arrivé. Mais au fond, les jeux de lumière à travers la dentelle des branches permettaient difficilement de distinguer les choses avec netteté.

Elle était à mi-parcours, lorsqu'un mouvement attira son attention. Elle crut que le soleil à travers les feuilles lui avait joué des tours. Pourtant, il lui sembla que les buissons, là-bas, frémissaient encore comme repoussés par une main impatiente. Quelqu'un était passé par là et s'était frayé un chemin à travers les haies touffues. La curiosité de la jeune fille s'éveilla vaguement, elle crut avoir vu passer le long des arbustes une fugace tache jaune très pâle.

Liam sortit de l'écurie comme elle arrivait.

– Bonjour! cria-t-il en levant le bras en signe de bienvenue. Vous êtes l'exactitude même.

Il tenait par la bride le cheval bai qu'elle avait déjà monté.

– Je fais de mon mieux, répondit-elle d'un petit ton pénétré. Pourquoi fournir à la gent masculine des arguments contre les pauvres femmes auxquelles ils n'ont que trop tendance à prêter tous les défauts de la terre?

Le sourire démentait le ton docte des propos.

– Bonjour, Ben.

Le bai tourna vers elle des naseaux camus et frémissants. Elle lui offrit les morceaux de sucre dérobés à Mme Duffy.

– Pour toi, Ben. Pour te remercier de ta docilité.

– Je propose que nous essayions quelque chose de plus sportif aujourd'hui. Pourquoi ne pas tenter un galop sur la grande prairie?

– Si Ben est d'accord, moi aussi, fit la jeune fille d'un ton léger.

– Cela ne m'étonne pas de vous, jeta-t-il en riant. Rien ne vous fait peur, n'est-ce pas? Ben galope vite quand on l'éperonne, pas aussi vite que ses congénères, bien sûr, mais il se défend, vous verrez.

Liam disparut dans les profondeurs de l'écurie et reparut quelques instants après, tenant un cheval à la robe noire luisante qui se mit à lancer des ruades dès qu'il déboucha sur le terre-plein ensoleillé.

– Est-ce votre monture de l'autre jour?

– Non, c'est son demi-frère. Nos deux seuls pur-sang. Les derniers d'une longue lignée, j'en ai peur.

– C'est vrai qu'oncle Sean était éleveur, observa simplement Nerys. Il jouissait même d'une assez grande notoriété dans les cercles hippiques, d'après mon père.

Liam, qui s'était mis en selle, acquiesça gravement.

– Croxley était l'un des meilleurs haras d'Irlande. Père

s'y connaissait en chevaux. Je n'ai pas hérité de sa science en ce domaine.

— Mais vous êtes un cavalier hors pair, se récria sa compagne. Vous devez avoir acquis une certaine compétence pour savoir monter si bien.

— Je me débrouille, c'est vrai, admit-il avec un mince sourire. Mais c'est le fruit d'une longue pratique, ce n'est pas inné. Pour être un bon connaisseur, il faut avoir du flair et cela ne s'apprend pas.

— Quel dommage, soupira Nerys en flattant la crinière de sa monture, ces animaux sont magnifiques.

— Oui, et il faut des soins et une patience infinis pour produire des bêtes de race comme celles-ci. Père s'y entendait et dans le milieu, son avis comptait. C'est un peu pareil avec les gens, poursuivit-il sur un ton où perçait une certaine amertume. D'un goujat on ne pourra jamais faire un gentilhomme. Un jour ou l'autre, sa nature profonde le trahira.

Manifestement, ces âpres propos ne concernaient que de loin le sujet; Nerys fut frappée par le tour personnel qu'il donnait à cette conversation en apparence si anodine. Il était clair que Liam prenait le mystère de ses origines beaucoup plus à cœur qu'elle ne l'eût pensé. Cela ne transparaissait ni dans son comportement, ni dans son apparence, mais c'était une préoccupation qui semblait l'habiter en permanence. Cela ressortait parfois de manière abrupte dans des réflexions qu'il lançait à propos de tout et de rien.

— Je suppose que vous avez raison, se borna-t-elle à répondre sans se compromettre.

Ils avançaient au pas dans la grande allée ombragée. La tache jaune lui revint en mémoire.

— Êtes-vous le seul à monter? s'enquit-elle en toute candeur.

Il y eut comme une hésitation, imperceptible et pourtant palpable, dans l'intonation de Liam.

– Non, Cormac emmène les chevaux en promenade lui aussi. Le docteur Duncan sort également de temps en temps. Père lui a donné l'autorisation de faire de l'équitation quand cela lui chanterait.

– Je ne pense pas qu'il ait souvent l'occasion de profiter de la permission.

Nerys eut un petit sourire en évoquant l'image de la prolifique Mme McCarthy.

– Ne croyez pas cela, on est en bonne santé dans notre région. Cela lui laisse du temps libre pour se livrer à un sport qu'il affectionne particulièrement.

Il jeta à sa compagne un regard de biais.

– Pourquoi cette question?

– Pour rien. Simplement, il m'a semblé voir quelqu'un quitter l'écurie juste comme j'y arrivais. Pure curiosité de ma part, comme vous le constatez!

– Quitter l'écurie? souligna-t-il, perplexe.

Nerys s'étonna en silence du coup d'œil méfiant dont il la gratifia.

– Oui, renchérit-elle. J'ai aperçu quelqu'un, j'en suis sûre. Il ou elle a disparu dans les fourrés avant que je n'aie eu le temps de me rendre compte s'il s'agissait d'un homme ou d'une femme.

– Oh! fit Liam avec une expression de léger soulagement. Vous n'avez pas remarqué de qui il s'agissait.

Nerys secoua négativement la tête.

– Cette personne portait une chemise jaune paille.

– J'ai bien peur que vous n'ayez eu des visions, rétorqua-t-il gaiement. Si je ne m'abuse, Cormac était vêtu d'une chemise bleue, comme moi. Quant à Duncan, je me souviens pas l'avoir rencontré en jaune. Quoique, au fond, on ne sait jamais avec lui.

– Vraiment, insista Nerys, vous n'avez vu personne?

Il lui jeta un regard étrange.

– C'est plutôt vous qui n'avez rien vu, reprit-il. Vous avez été victime d'une illusion d'optique. Avec ce soleil aveuglant, cela n'aurait rien de surprenant. Vous ne seriez pas la première à qui ce serait arrivé.

Il ponctua sa phrase d'un sourire amusé.

— C'est possible, concéda mollement la jeune fille.

Elle décida d'en rester là puisque ce sujet semblait manifestement l'agacer.

Ils avaient atteint la grande étendue herbeuse qui s'étalait à perte de vue et recouvrait à quelques kilomètres de là un monticule qui leur dissimulait la rivière. C'était un paysage qui respirait la paix et la placidité et le vert gazon scintillait dans une brume de chaleur qui enveloppait toute chose et donnait aux moindres éléments de ce décor bucolique un aspect irréel.

— Un petit trot pour nous rafraîchir?

Nerys acquiesça aussitôt et les chevaux n'eurent pas besoin d'être exagérément sollicités pour s'élancer sur le tapis verdoyant. Toute crinière au vent, ils galopaient avec la même fougue vers la pente raide et le cours d'eau.

Ben, malgré sa bâtardise, se comportait fort honorablement. Il se laissa cependant distancer au moment d'entamer la montée et son congénère n'eut aucune peine à le dépasser.

— Bravo, mon grand, s'écria Nerys en flattant l'encolure de l'animal.

Au pied de la colline escarpée, la rivière déroulait ses eaux sereines pareilles à un ruban de moire sous les rayons du soleil.

Nerys songea que ce paysage idyllique reflétait à lui seul toute la beauté de l'Irlande telle que les peintres avaient su la rendre dans leurs œuvres les plus délicates. D'épais nuages blancs, floconneux, s'étiraient languissamment à l'horizon sur un fond de ciel azuré. Ils se déplaçaient sans hâte et sans but entre les collines. Dans les prairies grasses paissaient des bovins placides. En grappes laineuses, des moutons broutaient de-ci de-là des carrés d'herbe tendre.

Nerys ne put retenir une exclamation de bonheur.

— Comme c'est beau, s'extasia-t-elle. Je sais, je répète toujours la même chose, Liam, mon ravissement doit vous sembler bien monotone.

— C'est splendide, vous avez raison.

Elle balaya du regard le tableau paisible et enchanteur, les yeux brillants de contentement.

— C'est aussi ce silence, ajouta-t-elle comme pour elle-même. On a l'impression qu'il est dense, qu'on pourrait le toucher en étendant le bras...

Liam émit un petit bruit dubitatif.

— Pourquoi ne pas essayer? railla-t-il gentiment.

L'espace d'un instant, elle lut dans les prunelles de son compagnon une lueur de malice qui lui rappela étrangement le docteur Duncan.

— Ne vous moquez pas, fit-elle, les lèvres arrondies en une moue de contrariété. Si vous aviez vécu en ville aussi longtemps que moi, je suis sûre que vous comprendriez mon lyrisme. Dans une grande ville, le calme est un ingrédient qui n'existe pas. Ici en revanche, on dirait presque qu'il appartient au paysage comme l'air ou l'eau ou le soleil. Cette paix a sur vous un effet lénifiant, vous avez envie de prendre le temps de souffler au lieu de vous précipiter tête baissée dans la première direction venue.

— Voilà votre sang irlandais qui ressort, plaisanta le jeune homme.

— Au Pays de Galles aussi, on a la fibre poétique très développée. Vous voyez que vous n'avez que l'embarras du choix. Faut-il incriminer mes origines irlandaises ou galloises, à votre avis?

— Aucune idée. En tout cas, le mélange est détonnant, décida Liam avec un rire qui la fit frissonner. Et ravissant aussi, je l'avoue.

Ce compliment fut débité moins avec fougue qu'avec une certaine politesse.

– Si nous nous approchions de l'eau, coupa d'un ton léger la jeune fille. Vous avez le temps de pousser jusque là?

– Bien sûr, opina Liam. Je pense qu'on pourra se passer de moi encore un peu.

Ils descendirent de cheval lorsqu'ils eurent atteint la rive. Les animaux se mirent à mâchonner l'herbe tendre avec délice. Ils se dirigèrent vers le bord de la rivière pour s'abriter sous un saule dont les branches molles se miraient paresseusement dans l'eau.

Nerys s'appuya nonchalamment contre le tronc noueux.

– Comment s'appelle cette rivière? demanda-t-elle. J'ai bien peur d'être très ignorante en ce qui concerne la géographie de l'Irlande.

– C'est la Trave, se borna à répondre Liam en s'adossant à l'arbre lui aussi. Ce n'est pas un cours d'eau bien important. Mais il est très poissonneux.

– Je ne pêche pas, jeta Nerys avec une petite grimace. Je ne suis pas assez patiente. Vous ne louez pas des permis? Il paraît que cette pratique rapporte beaucoup d'argent.

– C'est vrai, nous sommes bien placés pour le savoir, puisque nous l'avons adoptée.

– Vous voyez! triompha-t-elle.

Penchée au-dessus de l'eau, la jeune fille contemplait son reflet et celui, plus sombre, de son compagnon.

– Il y a des braconniers dans le coin? Ces individus sont la hantise des régisseurs, non?

– Nous en avons, admit-il avec prudence.

– Mais vous savez comment vous y prendre avec eux, je suppose, lança-t-elle gaiement.

Il lui décocha un coup d'œil de biais, cherchant un sens caché à cette phrase anodine.

– Je connais mon métier d'intendant.

– Oh! Je n'en doute pas! s'esclaffa-t-elle innocemment.

– A voleur, voleur et demi, coupa-t-il d'un ton âpre. C'est à ce proverbe que vous faites allusion, je pense.

– Liam! s'écria-t-elle, profondément choquée par le regard noir qui accompagnait ces paroles acerbes. Ce n'est pas ce que je voulais dire... bredouilla Nerys, totalement décontenancée par la brutalité de sa réaction.

Comment avait-il pu lui prêter des pensées aussi sournoises, et comment lui expliquer maintenant qu'elle avait simplement voulu souligner la confiance justifiée que son oncle mettait en lui en le chargeant de la gestion du domaine?

– Les gitans ont la réputation d'être des voleurs impénitents. C'est dans leur sang, paraît-il.

– Liam, reprit-elle avec plus de force, vous déformez mes paroles! Pourquoi tenez-vous à me faire dire ce que je n'ai pas dit? s'emporta-t-elle, ulcérée par l'injustice de sa remarque.

Le jeune homme resta quelques instants sans répondre, le sourcil crispé, l'air furieux. Il hocha enfin la tête, un début de rougeur trahit sa gêne d'avoir perdu ainsi le contrôle de lui-même.

– Je suis désolé, Nerys. Vous avez sans le savoir touché un point sensible, trop sensible même. Je suis navré. Excusez-moi, je vous en prie. Je n'aurais jamais dû vous parler sur ce ton. Je suis impardonnable.

– Je comprends, assura-t-elle doucement.

Toute colère l'avait abandonnée devant son air de réelle contrition.

– Vous n'avez pas à vous justifier.

Il plongea dans le sien un regard d'une intensité douloureuse et la serra brièvement dans ses bras.

– Merci, Nerys, de vous montrer si compréhensive. Je vous promets de ne plus m'apitoyer sur mon triste sort.

– D'ailleurs, vous n'avez aucune raison de le faire.

Les mots n'avaient pas plus tôt franchi ses lèvres qu'elle les regrettait déjà, craignant une nouvelle explosion. Mais son compagnon garda un instant le silence, les yeux dans le vague.

— Nerys, murmura-t-il enfin, ma présence ici ne vous est pas désagréable? Enfin... je veux dire... vous n'êtes pas jalouse de la place que j'occupe dans le cœur de père... de votre oncle? bafouilla-t-il pesamment. Après tout, vous êtes sa seule vraie parente et c'est vous qui devriez hériter de toute sa fortune quand il...

Il toussota, les mots ne passaient pas.

— Quand il s'en ira, acheva-t-il péniblement.

Nerys avait déjà constaté sa répugnance à utiliser le vocable approprié, et sa façon de parler par périphrases quand il abordait ce sujet. Mais elle comprenait son anxiété. A la mort de Sean Brady, Liam se retrouverait désespérément seul.

— Quelle drôle d'idée, fit-elle doucement. Pourquoi vous en voudrais-je, Liam? Ne lui avez-vous pas consacré toute votre vie jusqu'à présent, alors que moi je l'ai si peu vu!

— Mais, insista le jeune homme, un même sang court dans vos veines.

— Vous êtes son fils. Vous êtes le fils qu'il s'est choisi. Cela, personne ne peut le nier, Liam. Et moi moins que quiconque.

Une expression de soulagement se peignit sur le visage hâlé et une lueur de gaieté retrouvée dansa dans ses yeux lorsqu'ils quittèrent l'ombre reposante du vieil arbre. Toutefois, il semblait encore préoccupé.

Au moment où elle allait se remettre en selle, il ouvrit la bouche, prêt à se confier à elle, mais ces nouvelles confidences tournèrent court. Un cavalier s'élançait dans leur direction. La silhouette qui se découpait sur le ciel était familière. Il leur adressait de grands signes de la main.

— Le docteur Duncan, murmura Nerys d'un ton qui trahissait son manque de sympathie pour l'arrivant.

Impossible d'éviter cette rencontre, le médecin approchait à vive allure sur son coursier noir.

Nerys ne put se défendre d'admirer son assiette impeccable. Il menait sa fougueuse monture avec une science admirable. Lancé au grand galop sur la pente raide, il avait fière allure avec ses cheveux roux qui brillaient comme de l'or au soleil.

— Bonjour, lança-t-il d'un ton vibrant lorsqu'il arriva à leur hauteur.

— Bonjour, docteur Duncan, répliqua brièvement la jeune fille.

— J'ignorais que vous montiez.

Son étonnement était tout sauf flatteur.

— Je ne vois pas ce qu'il y a là de si surprenant! rétorqua aussitôt Nerys, piquée au vif. C'est loin d'être un exploit, il me semble.

— Oh oui, bien sûr, observa-t-il, la mine faussement contrite.

Elle rougit comme une pivoine. Avait-elle encore pris son air de duchesse offensée?

— Je me demande où vous trouvez le temps de pratiquer ce sport, lança-t-elle au médecin. Vos patients vous auraient-ils abandonné?

— Oh que non! fit-il d'un ton suave. Les malades ne manquent pas et le travail non plus.

— Avez-vous vu père aujourd'hui? questionna Liam avec humeur.

Il semblait peu goûter l'humour du médecin.

Ce dernier acquiesça d'un bref hochement de tête. Son visage s'assombrit.

— Je le quitte à l'instant. J'ai eu l'impression qu'il me priait d'aller à votre rencontre. Je suppose qu'il souhaitait que je vous chaperonne, Miss Brady.

Nerys lui décocha un regard noir.

— Docteur Duncan! Je ne vous permets pas! siffla-t-elle entre ses dents.

– Oh! fit-il sans s'émouvoir. C'est pourtant ce que j'ai cru comprendre. D'après le peu de paroles qu'il a pu prononcer en tout cas, car il était en compagnie de M. Donnelly.

– Donnelly? souligna Liam, surpris. C'est l'avocat de père, précisa-t-il à l'adresse de Nerys. Je pensais que tout était réglé. Je n'aime pas que l'on vienne perturber père.

– Moi non plus, renchérit le médecin. Mais ne vous tracassez pas, il avait l'air tout à fait serein lorsque nous nous sommes quittés.

– Vraiment? Vous êtes sûr que son état de santé ne s'est pas dégradé ces derniers temps?

Kevin Duncan secoua la tête; son regard était empreint de la plus authentique sympathie pour son interlocuteur.

– Il n'est ni mieux ni plus mal, affirma-t-il calmement.

– Je crois qu'il faut que je retourne à la maison, Nerys, s'excusa le jeune homme.

– Si Miss Brady le souhaite, je lui servirai de guide suggéra Kevin en gratifiant la jeune fille d'un coup d'œil moqueur.

– Merci, je préfère rentrer, articula-t-elle d'une voix précise et glaciale. Inutile de vous déranger, docteur.

– Mais ce serait un plaisir, je vous assure.

Il passa une main impatiente dans ses cheveux ce qui eut pour effet de les emmêler davantage.

– Je connais le domaine aussi bien que Liam.

– N'insistez pas, coupa Nyers. Je reste avec M. Rogan.

– Comme vous voudrez.

Ces paroles furent ponctuées d'un haussement d'épaules faussement résigné.

Il tourna bride et repartit comme une flèche dans la direction d'où il était venu.

– Quel malotru! pesta à voix basse Liam.

Arrivés à la maison, les jeunes gens se rendirent dans le salon où Sean Brady les accueillit avec le sourire.

— Père, comment vous sentez-vous?

— Mais... bien! répliqua aussitôt ce dernier, un peu surpris par la soudaineté de la question. Pourquoi cela?

Liam eut un haussement d'épaules impatient, ses sourcils se froncèrent, mais il ne voulait pas avouer la cause de son malaise.

— Nous avons rencontré le docteur Duncan en rentrant de promenade et il nous a dit que Dermot Donnelly était passé vous voir. Je croyais que tout était réglé. Je ne voulais pas qu'il vienne vous importuner, c'est tout.

Le malade sourit, touché de cette prévenance.

— Nous étions en train d'étudier quelques points de détail, rien de plus.

Liam se percha sur le bord d'une chaise, un timide sourire aux lèvres, contemplant avec une expression soucieuse le visage aux traits tirés.

— Excusez-moi, père. Je m'inquiète pour un rien.

— Je vois.

Il y avait tant d'émotion dans ces rares syllabes qu'un instant Nerys se sentit comme une intruse. Les relations qui unissaient les deux hommes semblaient si harmonieuses qu'il était difficile de croire qu'ils ne fussent pas du même sang.

Liam avait l'air en proie à une intense souffrance intérieure.

— Je sais que je dois me préparer à affronter l'issue fatale et pourtant... murmura-t-il d'une voix étrangement altérée.

— Il nous reste encore du temps devant nous, mon fils. Et beaucoup de choses à faire, ne l'oublie pas.

Nerys décida que d'eux deux, c'était son oncle qui avait le plus de force de caractère sinon de vigueur physique.

Même affaibli par la maladie, il semblait capable de mener à bien tout projet qu'il se serait mis en tête de réaliser.

Liam releva soudain la tête et regarda son père droit dans les yeux.

— Je... je ne suis pas sûr que ce que nous préparons soit bien et...

Il jeta un bref coup d'œil à Nerys. Elle le fixait avec curiosité, intriguée par ces propos sans signification pour elle et qui, néanmoins, semblaient la concerner.

— Je suis désolé, Nerys, fit-il avec un rire contraint. Nous sommes en train de discuter d'une question de droit, rien de terriblement compliqué, mais c'est un problème dont la résolution m'embarrasse.

— Oh! lâcha Nerys en cherchant à le rassurer, si c'est légal, où est le mal?

— La légalité juridique n'implique pas forcément la légalité morale. Elle peut être préjudiciable à un individu, le léser dans sa sensibilité.

Liam baissa le nez en rencontrant le regard ferme de son père. Peut-être en avait-il trop dit?

Sean Brady garda un instant le silence puis finit par déclarer :

— Il vaudrait mieux que tu l'apprennes maintenant, Nerys. J'ai convaincu Liam d'adopter mon patronyme, notre patronyme. D'ici peu, ce sera un Brady, comme nous.

Liam se leva d'un bond, mal à l'aise, comme un accusé qui attend le verdict. Dressé de toute sa taille devant la cheminée de marbre, image même du gentilhomme campagnard dans ses culottes de velours côtelé et sa veste de tweed râpé, il expliqua soudain : ·

— Père veut que je change de nom officiellement.

Les yeux gris dardés sur la jeune fille semblaient quêter son approbation en dépit de leur expression de défi.

Si les deux hommes avaient pensé la surprendre, ils en

furent pour leurs frais. Nerys sourit, enchantée par ce projet.

— Quelle merveilleuse idée! s'exclama-t-elle impulsivement. Je me demandais par quel mystère vous n'y aviez pas songé plus tôt, mon oncle. Liam a toujours été un fils tellement dévoué et aimant pour vous!

— Vraiment? s'étonna Liam. Vous n'y voyez aucune objection?

Sa voix trahissait une certaine anxiété.

Nerys secoua la tête en signe de dénégation.

— Bien sûr que non. Je trouve que c'est une excellente idée. J'espère seulement que vous y consentirez, Liam.

Un soulagement évident se peignit sur les traits du jeune homme, il esquissa un sourire.

— Les démarches sont en cours, admit-il. Mais quelle joie de se sentir accepté aussi pleinement! Merci, Nerys.

— Il y a dix-sept ans que je t'ai accueilli dans ma maison. Je n'ai qu'un regret, c'est de ne pas t'avoir adopté légalement et dans les formes à ce moment-là, murmura doucement Sean Brady que la réaction de sa nièce semblait combler d'aise.

— Il y avait trop d'obstacles alors, se récria Liam. J'espère que je saurai me montrer digne du nom que je vais porter et que je ne vous décevrai pas.

La jeune fille crut discerner quelque chose de mystérieux et d'un peu inquiétant dans cette déclaration. Liam était préoccupé sans qu'elle parvînt à comprendre pourquoi.

5

Dans les jours qui suivirent, Nerys eut moins l'occasion de voir Liam. Elle avait, en revanche, rencontré deux fois le docteur Duncan. La seconde fois, elle était même entrée en collision avec lui. Elle se rappela avec gêne qu'il l'avait rattrapée pour l'empêcher de tomber et l'avait tenue un instant de trop dans ses bras, un grand sourire aux lèvres, avant qu'elle ne se dégage avec un mouvement impérieux de la tête..

Elle sortit par les portes-fenêtres du salon et un malaise s'empara d'elle à ce souvenir. Quel insupportable personnage! Elle saurait bien lui rendre son impertinence.

La température avait baissé. Une légère brise soufflait en direction de la rivière, délicieusement rafraîchissante. Elle se dirigea vers l'arche fleurie, attirée par cet endroit d'où l'on avait une vue superbe sur les collines environnantes.

Elle humait le parfum des roses tout en réfléchissant. Debout sous les branches chargées de fleurs aux senteurs entêtantes, elle ferma les yeux, laissant le vent léger jouer dans ses boucles qui voletaient autour de son cou gracile.

— Voilà ce que j'appelle un spectacle enchanteur!

La jeune fille eut un haut-le-corps. Kevin Duncan était planté au bas des degrés de pierre et la contemplait avec une expression d'intense admiration.

Elle se raidit imperceptiblement. Cet homme avait décidément le don de la mettre mal à l'aise.

— D'ici, le panorama est splendide, admit-elle d'un ton pincé.

— Je ne parlais pas du panorama, insista-t-il. Quoique celui-ci soit également très beau.

— Mais alors...

Nerys rougit comme une collégienne et il éclata de rire. Il avait l'air tiré à quatre épingles. Ses cheveux étaient tout ébouriffés mais avec ce vent, elle se dit que les siens devaient l'être aussi. Les mains enfoncées dans les poches de son pantalon, il semblait tout à fait à l'aise et détendu comme d'habitude.

— Vous savez bien que vous êtes belle, observa-t-il d'un ton neutre.

— On me l'a dit, avoua-t-elle, gênée par la tournure personnelle que prenait la conversation.

— Tout de même! lança-t-il avec force.

Il l'étudiait, détaillait ses traits avec une attention qui frisait l'insolence, la tête légèrement inclinée, un sourcil froncé par la concentration. Un peu comme un sculpteur examine son modèle.

— Bien sûr, votre nez n'est pas exactement...

Nerys le fusillait du regard.

— Enfin, il est un peu trop retroussé, acheva-t-il avec le plus grand calme. Mais dans l'ensemble, ce n'est pas mal. Nul n'est parfait.

— Merci! rétorqua-t-elle, sarcastique. Vous êtes trop bon.

Elle hésitait, ne sachant si elle allait faire demi-tour ou si elle devait affronter ce malappris.

Les doigts crispés sur l'ourlet de sa jupe pour l'empêcher de dévoiler ses jambes, le buste rejeté en arrière, elle le dévisageait avec un rien d'arrogance dans la pose, resplendissante dans le bleu turquoise de sa robe de toile fine. Cette couleur lui conférait une touche exotique et mettait en valeur le violet profond de ses yeux bordés d'une rangée de longs cils soyeux.

Le silence pesant qui s'établit lui devint bientôt insupportable. Elle amorça un geste de recul mais il fut plus prompt, grimpa lestement les deux marches, lui coupant ainsi toute retraite vers le jardin. il ne lui restait plus qu'une solution : traverser la pelouse. Elle l'écarta. D'une voix qu'elle s'efforça de rendre ferme, elle murmura :

— Laissez-moi passer, je vous prie.

— Vous ne voulez pas me tenir compagnie? Nous pourrions bavarder.

Il y avait de la déception dans l'intonation.

— Je n'ai rien à vous dire, docteur Duncan. Voulez-vous vous écarter, s'il vous plaît.

Il esquissa un geste de protestation et hocha doucement la tête.

— Ainsi, vous avez décrété que j'étais un personnage antipathique?

— Absolument pas. Votre comportement a décidé pour vous. Ne vous en prenez qu'à vous-même. Souvenez-vous : vous vous êtes conduit de manière inqualifiable. Et cela dès le jour où nous nous sommes rencontrés pour la première fois.

— Dès notre première rencontre, souligna-t-il, le regard perdu au loin. On dirait le titre d'une chanson.

— Le titre d'une chanson...

Le sourire railleur s'accentua et Nerys se sentit rougir d'indignation.

— Je ne vois rien dans cette épisode déplorable qui ait pu inspirer une chanson, lança-t-elle sèchement.

— Mais c'est parce que vous n'avez aucun sens du romanesque! s'exclama-t-il avec emphase. Une jolie fille comme vous. Si ce n'est pas malheureux!

Un soupir de regret feint lui échappa.

— C'est toujours comme cela, gémit-il. Il faut qu'une chose ou une autre vienne gâcher la perfection d'un être.

Non que vous soyez parfaite, ajouta-t-il précipitamment. Avec ce nez...

— Je ne prétends pas l'être, coupa avec acrimonie la jeune fille. Quant à votre avis, docteur Duncan, laissez-moi vous signaler qu'il m'est totalement indifférent. Vous êtes quelqu'un de beaucoup trop insignifiant pour que vos opinions me tracassent.

— Oh! fit-il sans s'émouvoir. Vous êtes au-dessus de la critique, je vois.

Elle triturait nerveusement les plis de sa robe; cet homme avait le don de lui faire perdre son sang-froid et elle en bouillait de fureur.

— Vous n'êtes qu'un... un... explosa-t-elle.

— Un lourdaud de paysan? souffla-t-il obligeamment.

— Peut-être bien, en effet! renchérit-elle avec colère, incapable de se dominer.

Il lui lança un regard glacial.

— Vous jouez encore la noblesse offensée, Miss Brady?

— Qui êtes-vous pour juger ma conduite? fulmina-t-elle.

— Je vois.

Les mains enfoncées dans ses poches, il lui barrait toujours le passage, l'air parfaitement calme en face de son interlocutrice déchaînée.

— Vous vous considérez comme un être supérieur, je présume?

— Je n'ai jamais prétendu cela, siffla-t-elle entre ses dents.

Ses protestations déclenchèrent le rire de son adversaire.

— Consciemment ou inconsciemment, c'est pourtant l'impression que vous donnez, commenta-t-il placidement.

— Ce n'est pas vrai! s'exclama-t-elle. Docteur Duncan, vous êtes l'individu le plus mal élevé que j'aie jamais rencontré. Écartez-vous et laissez-moi passer.

– Je regrette que vous ne m'appeliez pas Kevin, observa-t-il le plus sérieusement du monde. Est-ce Nerys que Sean vous nomme?

– Oui, admit-elle du bout des lèvres. C'est un prénom gallois.

– Gallois? s'étonna-t-il. Je vous croyais irlandaise à cent pour cent. Ne me dites pas que vous êtes les deux.

– Si, rétorqua sèchement la jeune fille.

– Seigneur! s'écria le médecin, l'air faussement horrifié. Galloise et Irlandaise! Ce n'est pas étonnant que vous vous emportiez aussi facilement. Tout s'explique! Quel mélange détonnant!

– Vous...

Cette fois, il était allé trop loin. Elle étendit les mains pour le repousser, mais son geste fut sans effet. Il la prit par le bras et l'attira vers lui.

– Petite furie! C'est vous qui devriez avoir des cheveux roux. Pauvre Liam! Que Dieu ait pitié de lui!

Sans que rien eût pu laisser prévoir son geste, il se pencha vers elle, comme un oiseau fond sur sa proie, et s'empara fougueusement de la bouche délicatement ourlée.

Incapable de bouger, les jambes tremblantes, Nerys reçut ce baiser violent d'abord avec passivité puis avec rage. Elle se mit à s'agiter en tous sens pour se dégager. Lorsqu'il desserra son étreinte, elle lui martela la poitrine de ses petits poings crispés par la fureur.

– Laissez-moi passer! hurla-t-elle. Laissez-moi passer à la fin!

A sa grande surprise, il la relâcha immédiatement et fit un pas de côté.

– Très bien, sauvez-vous, répondit-t-il avec un grand sourire. Mais ne dites pas que vous ne l'avez pas cherché.

C'était bien de lui, d'oser de cette façon, pensa Nerys, indignée. Elle aurait dû le gifler depuis le début.

Elle ne broncha pas, se contentant de le fusiller du regard. Elle se dirigea, la tête haute et le buste rigide, vers la grande demeure. Les joues cramoisies, elle sentait peser sur elle le regard moqueur. Ce docteur Duncan s'était conduit comme un goujat. Elle devrait prendre des mesures de rétorsion. Il lui faudrait y songer sérieusement. Mais pour l'instant, ses pensées étaient trop confuses.

On était lundi. Nerys était assise dans le jardin, heureuse et détendue au soleil. Un bruit confus de voix lui parvint soudain du salon. Liam et son oncle étaient en grande discussion. A quel sujet, c'est ce que Duffy ne tarda pas à lui apprendre.

— M. Brady désire vous voir, annonça la gouvernante. Si vous le souhaitez, je peux lui dire que vous êtes occupée.

— Oh non! se récria Nerys en s'arrachant à regret à sa chaise longue. J'arrive. Savez-vous ce qu'il veut, Duffy?

La petite femme en noir eut un léger haussement d'épaules.

— Je l'ignore. Mais ces messieurs discutent ferme.

Nerys la suivit sans plus poser de questions.

— Vous vouliez me parler, mon oncle? s'enquit-elle affablement.

— Ne prends pas cet air inquiet. Il s'agit d'un petit point que j'aimerais éclaircir.

— Je vois.

— C'est au sujet de mon testament, poursuivit le vieil homme.

— Votre testament? s'étonna la jeune fille dont la paupière tressauta.

— Rien qui puisse t'alarmer, mon enfant, assura le malade.

— J'espère bien que non. Est-ce important?

— Pour moi, oui. Je suis peut-être égoïste, mais j'aimerais que tout soit en règle avant que je m'en aille.

– Mais...

Sean Brady leva la main pour lui imposer le silence.

– Il faut regarder la réalité en face, mon petit. Kevin Duncan est un excellent médecin. Il ne m'a donné que quelques mois à vivre. Et je le crois.

– Père! protesta Liam.

Nerys hocha tristement la tête.

– N'y a-t-il vraiment rien à tenter? Je ne peux pas imaginer que votre état soit si désespéré, oncle Sean...

– Tout ce qu'il était humainement possible d'entreprendre l'a été, murmura ce dernier. Et maintenant...

Il écarta les bras en signe d'impuissance.

– Il n'y a plus qu'une issue. Et vous la connaissez tous les deux.

Nerys gardait obstinément les yeux baissés, cherchant à retenir ses larmes. La mort de son père lui revenait cruellement à la mémoire.

– Ce n'est pas juste, protesta-t-elle d'une voix empreinte d'une profonde détresse. Pourquoi des hommes comme vous ou papa doivent-ils...

– Nerys, mon enfant, je t'en prie, ne te laisse pas aller à un désespoir stérile.

La jeune fille vint s'accroupir à ses pieds.

– Je voulais vous parler des dispositions que j'ai prises, à Liam et à toi.

Elle lui adressa un sourire tremblotant mais vaillant.

– Je suis désolée, oncle Sean. Je vous promets d'être courageuse.

La main décharnée pressa affectueusement le bras de Nerys. Une immense lassitude se lisait au fond des prunelles délavées.

– En quoi suis-je concernée par ces questions? s'étonna Nerys. Liam est bien votre seul héritier, mon oncle?

– Non. Les liens du sang comptent beaucoup pour moi, mon petit, tu le sais. Et je ne te spolierai pas de la part qui te revient, même pas au bénéfice de Liam.

– Mais...

– C'est pour cela que je t'ai demandé de venir en Irlande, coupa le malade.

Il jeta à Liam un regard empli d'espoir.

– Je ne pouvais pas ne pas te coucher sur mon testament, ma petite fille. Tu ne te doutes pas de ce que tu représentes pour moi. Tu es la dernière descendante de notre lignée.

– Mais, objecta doucement sa nièce en levant vers le vieil homme ses yeux admirables, je n'ai besoin de rien.

– J'ai pris ma décision.

Ce fut prononcé avec une fermeté propre à décourager toute velléité de contestation. Le tempérament volontaire de Sean Brady ressortit tout entier dans cette simple phrase.

– Liam et toi hériterez chacun de la moitié de ma fortune. Liam est non seulement au courant, mais il est d'accord.

Le jeune homme qui était resté si calme jusqu'à maintenant, déclara soudain avec fougue :

– J'ai eu beau expliquer à père que la totalité de l'héritage vous revenait de droit, il n'a rien voulu savoir!

– En voilà une idée! s'écria Nerys. C'est vous, son fils, qui devriez être son unique héritier.

Liam se renversa dans son fauteuil, ses paupières se fermèrent un instant.

– Merci Nerys. Voilà le premier obstacle levé.

– Obstacle? De quel obstacle voulez-vous parler? De quoi s'agit-il donc, oncle Sean?

Ainsi interpellé, l'homme vieilli coula un regard de biais vers son fils adoptif, comme s'il était en proie à une soudaine hésitation.

– Je me demande si le moment est bien choisi pour te faire part de tous mes projets aujourd'hui. Liam n'a peut-être pas tort. C'est encore un peu prématuré. Je crois que je ferais mieux d'attendre.

— Et moi, je pense que vous devriez vous reposer, déclara avec beaucoup de fermeté la jeune fille.

Elle se releva d'un bond et s'approcha de lui.

— Je ne suis pas fatigué, je t'assure.

Mais Nerys, le menton en avant, semblait bien décidée à ne pas en démordre.

— Je refuse d'en entendre davantage pour aujourd'hui, décréta-t-elle après l'avoir dévisagé d'un air sagace. Cette conversation reprendra un autre jour. Vous avez une mine inquiétante. Vous ne me ferez pas changer d'avis. Je ne suis pas une Brady pour rien, vous savez! menaça-t-elle plaisamment.

Un petit rire amusé accueillit cette déclaration, une main pressa la sienne affectueusement.

— Ah, Nerys! Tu es merveilleuse. Et quel tempérament! C'est bien le sang des Brady qui court dans tes veines. Mes petits-neveux ne manqueront pas de caractère!

— Vos... commença Nerys, interloquée. Mais, oncle Sean, je n'envisage pas de me marier, croyez-moi! Pas encore, en tout cas.

— Tu es si jolie, quel homme ne serait pas fou de joie à l'idée de t'épouser? murmura le malade.

Elle eut un rire flûté et déposa un baiser sur son front.

— Il faudrait d'abord qu'il me plaise avant que je songe à accepter.

Sean Brady hocha lentement la tête.

— Il fut un temps où une jeune Irlandaise s'en remettait à sa famille du choix de son mari.

Nerys sourit sans conviction.

— Jamais je ne pourrais me lier avec quelqu'un que je n'aurais pas choisi. N'est-ce pas à la principale intéressée à prendre une décision? C'est tout de même bien elle qui doit vivre avec son conjoint, non ses proches!

Cette déclaration fut ponctuée d'un sourire plus accentué comme pour montrer qu'elle ne prenait pas les propos de son oncle au sérieux.

— Je saurai trouver chaussure à mon pied, le moment venu.

— Au risque de te tromper? lança avec une certaine âpreté le malade.

— N'est-il pas préférable de commettre ses erreurs soi-même? Je suis certaine que les parents inflexibles qui arrangeaient les mariages dans l'ancien temps n'étaient pas infaillibles eux non plus. Non, oncle Sean, le passé est le passé. Et c'est bien mieux comme cela, soyez certain.

— Peut-être! concéda Sean Brady à contrecœur.

Liam ne s'était pas mêlé à la conversation, elle eut l'impression qu'il était ailleurs. Son oncle avait l'air épuisé.

— Il faut vous reposer maintenant. Vous paraissez fatigué. Voulez-vous que je demande au docteur Duncan de passer vous voir?

— C'est inutile, mon petit. Il n'y a rien qu'il puisse faire pour moi. Je pense que tu as raison. Je vais prendre un peu de repos.

— Désirez-vous que je vous tienne compagnie ou préférez-vous que je vous laisse seul?

— Laisse-moi, j'ai besoin de réfléchir. Mais toi, mon enfant, va prendre l'air, il fait si beau dehors!

— Entendu. Liam, fit-elle en se redressant, pouvez-vous m'emmener faire une promenade à cheval ou bien êtes-vous trop occupé cet après-midi?

— Oh! C'est-à-dire que... Je regrette, Nerys; je dois aller à Traveree pour affaires.

— Les affaires? répéta-t-elle gaiement.

— Eh oui. Mais pourquoi ne m'accompagnez-vous pas? Vous pourriez faire un peu de lèche-vitrines. Cela vous changerait de la campagne.

— Merci bien, rétorqua Nerys, feignant un effroi comique. Les magasins, la circulation, je ne connais que trop tout cela. J'irai peut-être faire un tour au village, je n'y suis pas encore allée.

— Eh bien, Liam, est-ce là ton fameux pouvoir de persuasion? railla Sean Brady, qui tempéra sa remarque d'un sourire. A ton âge, j'aurais couvert Nerys de compliments et de cajoleries jusqu'à ce qu'elle se rende à mes arguments.

— Vous savez bien que les belles phrases ne sont pas mon fort, observa tristement le jeune homme.

— Vous vous sous-estimez, lança aussitôt Nerys. Vous ne cessez de me flatter outrageusement depuis mon arrivée. Vous êtes un homme redoutable, Liam Rogan!

Il la regarda avec une chaleur qui émut la jeune fille.

— Vous exagérez, déclara-t-il tranquillement. Je vous ai simplement dit que vous étiez jolie, et c'est la stricte vérité.

— Vous voyez! jeta Nerys en prenant son oncle à témoin. Il n'a de leçon à recevoir de personne dans ce domaine.

— Dans ce cas, poursuivit Sean Brady, pourquoi ne pas le suivre à Traveree?

Nerys secoua la tête en souriant.

— J'aime mieux marcher jusqu'à Killydudden. Cela ne vous ennuie pas trop, Liam, n'est-ce pas?

— Et même si cela me contrariait, pourrais-je vous convaincre?

Nerys fut secouée d'un petit rire.

— Non, reconnut-elle. Je suis têtue, je vous l'ai dit.

Sean Brady poussa un soupir.

— Le temps vient à bout de tous les chagrins comme il vient à bout de l'obstination la plus farouche, fit-il comme pour lui-même.

— Peut-être, commenta sobrement sa nièce sans bien comprendre à quoi il faisait allusion. En tout cas, je ne changerai pas d'avis, moi.

6

Dans l'après-midi, le temps se couvrit. Nerys se dirigeait d'un bon pas vers la route, le nez levé vers les compagnies de nuages qui s'amoncelaient dans le ciel. Avec un peu de chance, le vent les rabattrait vers les collines; elle éviterait peut-être l'averse.

La perspective de se faire tremper ne l'inquiétait pas outre mesure car elle était de constitution robuste. Simplement, la promenade serait plus agréable sans giboulées. Il faisait encore assez chaud et la température se prêtait tout à fait à une petite excursion. Le vent ébouriffait ses cheveux et elle avançait le cœur léger, en dépit de la conversation qu'elle avait eue avec Liam et son oncle.

En dépassant le cottage du docteur Duncan, elle y jeta un rapide coup d'œil. Il semblait désert; elle s'abstint cependant de regarder trop ostensiblement dans cette direction car elle n'avait aucune envie que le médecin l'interpelle. Elle avait décidé de le fuir.

Elle était arrivée à la hauteur des piliers de pierre qui flanquaient le portail et allait s'engager sur la route goudronnée lorsqu'elle vit approcher une jeune fille qui venait du village. Un vague sourire de bienvenue se dessina sur ses lèvres. Mais il s'évanouit aussitôt lorsqu'elle distingua la mine inquiète de l'inconnue.

Cette dernière accéléra l'allure lorsqu'elle aperçut Nerys.

– Est-ce que le docteur est là? s'enquit-elle anxieusement.

Nerys secoua la tête.

– Je viens de passer devant chez lui. Il m'a semblé qu'il n'y avait personne.

– Excusez-moi, je croyais que vous sortiez de la consultation.

Les grands yeux sombres trahissaient une profonde inquiétude. « Elle ne doit pas être tellement plus jeune que moi, songea Nerys en l'examinant discrètement. Elle est bien jolie, mais elle manque de confiance en elle. »

– Vous veniez le voir pour un motif urgent? s'enquit-elle avec sympathie. Sonnez. Il est peut-être chez lui, après tout.

– Il faut que j'arrive à le joindre, gémit son interlocutrice. Sinon...

– Quelqu'un de malade?

– C'est mon grand-père. Il est... il est...

Là-dessus, elle fondit en larmes.

– Doux Jésus, murmura-t-elle entre deux sanglots, il s'est blessé en tombant et il a l'air bien mal en point. Je ne peux pas le déplacer, il est trop lourd.

– Je viens avec vous, jeta impulsivement Nerys. Si le docteur n'est pas là, nous aviserons. Il faut absolument trouver quelqu'un.

– Mais...

– Allons voir, coupa Nerys d'un ton pressant.

Et elle fit demi-tour.

Les deux jeunes filles eurent beau tambouriner à la porte du pavillon, personne ne vint leur ouvrir.

– Mon Dieu, que vais-je faire? se lamenta l'inconnue en se tordant les mains. Je suis sûre que mon grand-père est sérieusement atteint et je n'ai aucune notion de secourisme.

– Où est donc passé le docteur Duncan? interrogea Nerys comme pour elle-même. Votre grand-père a-t-il perdu conscience?

– Il était encore évanoui quand je l'ai laissé. Il travaillait dans la grange et tout à coup, j'ai entendu un grand bruit sourd. Je me suis précipitée, il gisait de tout son long sur le sol, assommé. J'ai essayé de le ramener à lui, mais sans résultat.

– Vous l'avez laissé seul? s'épouvanta Nerys.

– Que pouvais-je faire d'autre? se lamenta la jeune fille. Il était étendu par terre, tout raide, on aurait dit qu'il était mort.

– Nous ferions mieux d'appeler une ambulance, décréta fermement Nerys. Allons téléphoner...

– Sheila, précisa son interlocutrice. Sheila Flaherty.

– Ne vous inquiétez pas, Sheila, enchaîna Nerys avec un sourire réconfortant. Le mieux serait que vous retourniez auprès de votre grand-père. Je vais demander que l'on envoie une voiture le chercher d'urgence.

Elle tendit la main à sa compagne.

– Je ne me suis pas présentée. Je m'appelle Nerys, Nerys Brady.

Les yeux noirs lui décochèrent un regard empreint d'une soudaine méfiance.

– Ne vous dérangez pas, Miss Brady, annonça abruptement Sheila. Je vais aller chercher le docteur moi-même. Je n'ai pas besoin de votre aide. Merci quand même.

Avant que Nerys n'ait eu le temps de se remettre de sa stupéfaction, Sheila Flaherty repartait en courant vers le village. Nerys remarqua machinalement le jaune paille de sa robe légère.

Interloquée, elle la vit disparaître derrière un bouquet d'arbres. « Pourvu que ce ne soit pas grave », songea-t-elle, préoccupée par le sort de Tom Flaherty. Car elle ne doutait pas un seul instant qu'elle venait de rencontrer la petite-fille du propriétaire du modeste cottage que lui avait montré Liam.

Pourquoi celle-ci avait-elle refusé son assistance brusquement? Elle décida qu'elle préviendrait le docteur Duncan, si par hasard elle le croisait, et se remit en chemin.

Le temps s'étant maintenu, elle réussit à atteindre le village sans encombre. Le retour, en revanche, s'avérait plus difficile. La perspective de gravir ce petit raidillon sous la pluie ne l'enchantait guère.

Killydudden était minuscule. Le village se déployait comme c'est la coutume autour d'une modeste rue centrale laquelle ne comportait qu'un magasin. De part et d'autre de cette artère unique, se serraient des grappes de cottages coquets aux volets laqués de frais. L'étroite échoppe servait également de poste. Nerys colla son nez à la vitrine qui regorgeait d'articles hétéroclites et désuets. Une fine pellicule de poussière recouvrait ce fatras pathétique.

Elle s'apprêtait à revenir sur ses pas quand elle s'entendit soudain apostropher.

— Vous ne seriez pas Miss Brady? croassa-t-on dans son dos avec le savoureux accent local.

Nerys se retourna vivement.

— Si.

La femme qui l'avait interpellée était accotée au chambranle de la porte de la boutique. Elle avait une figure pleine et rubiconde et, dans le regard, cette expression sagace de la commerçante habituée à soupeser les biens de ce monde.

— Je suis Binty Monahan, s'empressa d'ajouter la marchande. On m'a dit que vous séjourniez à Croxley House.

— Bonjour, madame Monahan, articula prudemment Nerys en serrant la main qu'on lui tendait.

Deux petits yeux rusés entreprirent de décortiquer sa robe, ses sandales, toute sa mise en somme. Et la jeune fille ne douta pas un instant que la commère ne se promît de régaler ses amis et connaissances d'une description minutieuse de sa personne.

Binty Monahan recula et réussit à plaquer un sourire engageant sur sa face dodue.

– Vous êtes venue à pied? Entrez donc! Cela vous fera du bien de souffler un peu, lança-t-elle d'un air engageant.

– Vous êtes très aimable, mais je ne suis pas fatiguée.

– Venez vous mettre à l'abri alors, enchaîna la boutiquière en s'effaçant sur le seuil. Il va pleuvoir, déclarat-elle avec une assurance proprement stupéfiante. Tenez, le vent tombe. C'est signe d'orage.

Et de fait, comme si elles n'attendaient que sa permission, de grosses gouttes se mirent à ruisseler puissamment sur la route poussiéreuse.

– Oh! s'exclama Nerys avec humeur. Je ferais mieux de me dépêcher.

– Ne vous inquiétez pas, la rassura aussitôt la marchande. Ce n'est qu'un nuage. Allons, venez vous abriter, le temps que l'averse cesse; à quoi bon se laisser tremper quand on peut se mettre au sec!

– Merci, capitula Nerys.

Elle se glissa prudemment dans la boutique minuscule. Une odeur de fromage rance vint chatouiller désagréablement ses narines. D'un sac de toile affaissé contre le comptoir de pin massif s'échappaient des relents indéfinissables. Un remugle composite et suspect flottait dans l'air confiné.

– Asseyez-vous, Miss Brady. Je vais préparer du thé. J'en ai pour une seconde.

L'absence de la maîtresse des lieux dura en fait dix bonnes minutes. Nerys l'entendait fourrager dans la pièce contiguë. Tout en s'affairant, Mme Monahan continuait à jacasser. Elle revint, un plateau à la main.

– Merci infiniment, réussit à articuler la jeune fille.

Épouvantée, elle fixait avec répugnance la tasse pleine d'un breuvage innommable que lui tendait son hôtesse.

– Le *five o'clock,* fit-elle d'un air entendu. C'est ainsi que vous l'appelez en Angleterre?

– Oui... c'est bien cela, confirma son invitée.

Nerys trempa ses lèvres dans le liquide boueux; elle avalait à petites gorgées précautionneuses en essayant de réprimer un frisson de dégoût.

– Comment le trouvez-vous? jeta aimablement la boutiquière.

– Très bon, mentit-elle courageusement.

Le teint couperosé vira au lie-de-vin.

– Mon mari me dit toujours que je n'ai pas mon pareil pour préparer le thé, fit la marchande en se rengorgeant. C'est un connaisseur. Le docteur Duncan, aussi, l'apprécie.

Ce nom rappela à Nerys l'accident qui était arrivé au grand-père de Sheila.

– Oh! s'exclama-t-elle soudain. Vous ne l'avez pas vu cet après-midi, par hasard?

– Mais si. Il sortait de chez les Kerry.

Le ton catégorique de Mme Monahan indiquait clairement qu'elle avait dans l'existence des préoccupations autres que le négoce.

– Juste au moment où vous entriez chez moi.

« Comment ai-je pu manquer ce maudit médecin? se rabroua Nerys. Je devais être trop absorbée par la contemplation de cette ahurissante vitrine. »

– C'est bien dommage! jeta-t-elle impulsivement. Je voulais le voir.

– Vous vouliez le voir? chuinta son hôtesse en plissant ses petits yeux dévorés de curiosité.

Noirs et brillants comme des boutons de bottines, ils semblaient disséquer avec délectation les diverses explications contenues à n'en pas douter dans cet énoncé anodin.

– Seriez-vous souffrante, Miss Brady? s'enquit la commère avec une onction triste.

— Il ne s'agit pas de moi, déclara précipitamment Nerys.

Qu'allait s'imaginer cette femme à tête de fouine!

— En quittant Croxley, j'ai croisé quelqu'un qui le cherchait. Cela avait l'air assez urgent.

— Voyons, qui était-ce donc? interrogea fébrilement son hôtesse.

La jeune fille se rendit compte que son silence semblerait suspect et se résigna.

— Sheila Flaherty, souffla-t-elle. Son grand-père venait de faire une mauvaise chute et la pauvre petite avait l'air bouleversée.

— Cette bohémienne! éructa la commerçante, le visage convulsé.

Il y avait tant de hargne dans cette interjection que Nerys eut un haut-le-corps.

— Mon oncle employait Tom Flaherty avant qu'il ne prenne sa retraite, fit-elle avec dignité.

— Ce Tom est un brave homme, concéda aussitôt son interlocutrice. Mais son imbécile de fils, c'est autre chose. Figurez-vous qu'il s'est amouraché d'une gitane. Il est sorti méconnaissable de cette aventure.

— Vous voulez dire que la mère de Sheila... ne put s'empêcher de demander Nerys, interloquée.

— Était une gitane, c'est bien cela, opina rageusement Mme Monahan.

Le retroussis de sa lèvre inférieure exprimait éloquemment son opinion sur cette liaison.

— Une moins que rien, voilà ce que c'était, cracha-t-elle. Elle est morte en donnant naissance à sa fille. Amen! ajouta-t-elle bizarrement.

Nerys jugea pour le moins incongrue cette formule pieuse qui venait clore les propos haineux qui l'avaient précédée. Elle s'abstint néanmoins de tout commentaire.

— Qu'est devenu son père? s'enquit-elle pour faire diversion.

La cancanière Mme Monahan haussa excessivement les épaules.

— Il a quitté la région. J'ai entendu dire qu'il avait épousé une protestante de Belfast. Bon débarras!

— Pauvre petite! compatit doucement Nerys. Elle n'a pas eu une vie bien gaie.

— Détrompez-vous, lança l'infatigable commère en repartant à l'attaque. Les Sœurs l'ont prise en pension pendant quelque temps, puis le vieux Tom l'a emmenée chez lui. On ne peut pas affirmer qu'elle ait été malheureuse. Tandis que si elle était restée chez ces vagabonds, cela aurait été une autre chanson!

— Elle a l'air bien gentille, observa innocemment Nerys.

Les petits yeux chafouins se posèrent avec prudence sur la jeune fille. On eût dit que leur propriétaire découvrait soudain à qui allaient les sympathies de la visiteuse. Mme Monahan décida, à tout hasard, de plaquer un sourire patelin sur sa face mafflue.

— Peut-être bien, concéda-t-elle. Peut-être bien.

Irritée par les manières à la fois abruptes et cauteleuses de la boutiquière, Nerys jeta subrepticement un coup d'œil dehors. A son grand soulagement, elle constata que le soleil était revenu.

— Je crois que je vais prendre congé, madame Monahan. L'averse est terminée. Il vaut mieux que je me dépêche de rentrer avant que le ciel ne nous tombe de nouveau sur la tête.

Elle reposa sa tasse à demi-pleine et s'arracha un sourire de circonstance.

— Merci pour le thé.

— De rien, protesta l'hôtesse comme il se devait. Vous serez toujours la bienvenue. Passez me dire bonjour à l'occasion. Nous causerons. On s'instruit en bavardant.

Elle raccompagna sa visiteuse jusqu'à la porte et, plantée sur le seuil, la regarda s'éloigner en se frottant les mains de contentement. Nerys eut un mouvement de panique. Elle s'était montrée circonspecte mais, avec des gens de cette trempe, il fallait s'attendre à tout. Ils fabulaient comme on respire. Elle ne put se défendre d'éprouver un sentiment de malaise en repensant à ce malfaisant personnage. L'herbe trempée était plus verte que jamais et elle remplissait ses poumons de son odeur fraîche. C'était exactement l'antidote qu'il fallait pour chasser de ses narines les miasmes de l'échoppe poussiéreuse. La petite montée lui parut moins rude qu'elle ne l'eût cru à l'aller. Elle était arrivée à mi-côte, lorsqu'elle entendit une voiture désormais familière stopper à sa hauteur dans un horrible crissement de pneus. Allait-elle poursuivre sa route, le dos raide et le nez en l'air, ou devait-elle prévenir le conducteur qu'on le cherchait partout?

Ravalant son amour-propre et n'écoutant que la voix de sa conscience, elle s'approcha de la portière.

— Grimpez, je vous raccompagne proposa le médecin avant même qu'elle eût ouvert la bouche.

— Non merci! gronda-t-elle avec une conviction qui provoqua l'hilarité du chauffeur.

— Ne soyez pas si têtue!

— Tom Flaherty est tombé d'une échelle. Sheila vous cherchait partout. Nous sommes allées chez vous. Vous n'y étiez pas.

— Je sais, je viens de le faire transporter à l'hôpital de Traveree. Inutile de vous tourmenter davantage à son sujet.

— C'est vrai que j'étais inquiète, souligna Nerys pensivement. La pauvre petite semblait folle d'angoisse, je lui ai offert de l'aider, mais elle...

— Savait-elle qui vous étiez? coupa-t-il brutalement. Pour l'amour du ciel, enchaîna-t-il impatiemment, allez-vous vous décider à monter, oui ou non? Nous poursuivrons cette conversation dans la voiture.

La curiosité l'emportant sur son aversion pour l'engin asthmatique, Nerys obtempéra.

— Oui, reprit-elle en claquant la portière de toutes ses forces. Je m'étais présentée. C'est bizarre. Quand elle m'a aperçue en arrivant, elle est presque venue me demander mon aide. Et tout à coup, quand je lui ai dit mon nom, son visage s'est fermé. Il y avait comme de la haine dans ses yeux.

Oubliant la ligne de conduite qu'elle s'était tracée, elle tourna vers son compagnon un regard empreint de désarroi.

— Je ne comprends pas, avoua-t-elle, meurtrie. Pourquoi ce revirement brutal?...

Il lui lança un coup d'œil de biais.

— Vous l'apprendrez peut-être un jour, éluda-t-il. Ce n'est pas à moi d'éclairer votre lanterne. Je suis persuadé que vous ne la blâmerez pas quand vous connaîtrez ses raisons. C'est un être étrange et passionné. L'éducation qu'elle a reçue n'a pas réussi à étouffer la violence de ses sentiments.

Surprise, Nerys observait son compagnon à la dérobée. Elle s'étonnait de ce qu'il semblât être aussi informé des problèmes de Sheila.

— Mme Monahan m'a invitée à prendre le thé, annonça-t-elle tout à trac pour faire diversion.

— Et elle en a profité pour vous sonder? Cela ressemble bien à Binty. Les potins, c'est toute sa vie.

— Je ne pense pas qu'elle ait appris grand-chose de moi, se récria assez sèchement Nerys. Est-il vrai que la mère de Sheila soit une bohémienne? enchaîna-t-elle gauchement.

— C'est parfaitement exact. Et Sheila ne risque pas de l'oublier tant qu'il y aura des Binty Monahan pour le lui rappeler à la moindre occasion.

— Quelle femme hargneuse! s'écria Nerys. Et quel snobisme!

Un rire tonitruant accueillit cette exclamation. Le docteur Duncan darda sur elle un regard brillant de malice et hocha ironiquement la tête.

– La paille et la poutre, jeta-t-il entre deux hoquets. Vous connaissez la parabole, je présume.

– Je ne vous permets pas! s'indigna sa passagère. Comment osez-vous me traiter de snob? J'étais réellement très inquiète pour Sheila, elle avait l'air si désemparée, si vulnérable...

– Vous avez tort de vous tracasser pour elle. Elle ne manque de rien et de plus, elle n'est pas aussi fragile que vous semblez le penser.

– Je... je ne sais pas, bredouilla Nerys.

Elle hésitait, ne sachant comment expliquer l'impression que Sheila avait produite sur elle.

– C'est sans doute la façon dont Mme Monahan en a parlé. Pauvre petite, orpheline pour ainsi dire, abandonnée par son père, à demi bohémienne...

– C'est pour cela que vous la plaignez? coupa Kevin Duncan.

– Oui, surtout quand des gens comme cette Binty Monahan s'obstinent à lui tenir rigueur de ses origines. Ce doit être terrible de s'entendre ressasser ce genre de reproches tout le temps.

– Vous n'attachez vraiment aucune importance à ces questions d'ascendance?

Les yeux bleus la fixaient intensément.

– Mais non, bien sûr.

– Alors je vous dois des excuses pour vous avoir traitée de snob.

Nerys lui jeta un rapide coup d'œil et constata, à sa grande surprise, qu'il ne raillait pas.

– Je ne vois pas en quoi les circonstances de sa naissance concernent ses voisins. Si quelqu'un doit s'en préoccuper, c'est elle et personne d'autre.

– Nous sommes d'accord, acquiesça-t-il doucement. Liam Rogan n'est-il pas à demi gitan, lui aussi?

– A demi?

Le médecin se tourna brièvement vers elle.

– Comment expliquer ses yeux gris, autrement?

Nerys, perplexe, ne broncha pas. Lorsqu'il la déposa devant le perron de la grande demeure, elle marmonna de vagues remerciements.

– Puis-je me permettre de vous donner un conseil? lança-t-il soudain en lui ouvrant la portière.

Il était près d'elle et la dominait de sa haute taille.

– Si j'étais vous, je ne parlerais pas trop de Sheila Flaherty.

– Oh! s'étonna vivement la jeune fille. Je pensais que nous pourrions lui venir en aide pendant que son grand-père est à l'hôpital, mais...

– Vous pouvez vous en dispenser. Elle ne vous en saura aucun gré. Et puis, cela risquerait d'être embarrassant pour vous et pour les autres.

– Je ne comprends pas. Pourquoi tous ces mystères?

– Ne posez pas tant de questions, n'essayez pas de revoir Sheila. Et surtout, ne vous tracassez pas pour elle. Elle n'est pas seule.

Nerys sentit passer dans le ton, comme dans les propos du médecin, un monde de sous-entendus nébuleux.

– Seriez-vous son chevalier servant? risqua-t-elle avec une ébauche de sourire. Elle est si jolie...

Il s'esclaffa et lui tapota facétieusement le bout du nez.

– Je l'admets, mais elle est surtout moins curieuse qu'une certaine personne de ma connaissance! Au revoir, Nerys.

La voiture s'éloigna en ahanant. C'était la première fois qu'il l'appelait par son prénom.

– C'était Duncan, n'est-ce pas? jeta Liam, debout sur le pas de la porte.

Elle se retourna brusquement.

– Oui. Je rentrais tranquillement de Killydudden et il a

insisté pour me raccompagner. J'étais à mi-côte, j'aurais très bien pu faire le reste du trajet à pied.

– Il me semblait bien avoir entendu grincer cet abominable tas de ferraille qui lui sert d'automobile, ricana le jeune homme avec mépris.

Nerys, qui venait d'être accusée de snobisme par le médecin, fronça un ravissant sourcil.

– Vous êtes sévère, Liam. Il n'a peut-être pas les moyens de s'en offrir une neuve, suggéra-t-elle calmement.

Liam parut surpris de la voir prendre la défense du docteur.

– Balivernes, fit-il, les dents serrées. Il s'amuse à jouer les médecins de campagne sans le sou avec cet accessoire grotesque. Quelle ostentation!

– Pourquoi lui reprochez-vous de jouer un rôle? N'est-ce pas ce qu'il est?

Elle suivait d'un œil perplexe le progrès du véhicule poussif sur l'allée de gravillons.

– Certainement pas, rétorqua brutalement Liam. C'est de la comédie, comme seuls des gens fortunés peuvent se permettre de la jouer.

Le ton véhément saisit la jeune fille.

– Vous voulez dire qu'il a... qu'il est riche et qu'il ne...

– C'est exact, explosa son interlocuteur. Il prétend ne rien vouloir devoir à son père. Tout cela parce que...

Liam s'arrêta net, il se mordait la lèvre de fureur. L'amertume dont ses propos étaient empreints devait l'habiter depuis longtemps à en juger d'après la violence de sa réaction.

– S'il préfère suivre son chemin tout seul, pourquoi le condamner? hasarda timidement Nerys, éberluée.

– C'est un monstre d'orgueil, siffla Liam d'une voix sourde. Il m'est tout à fait antipathique.

– Vous me l'avez déjà laissé entendre clairement, murmura Nerys qui s'étonna intérieurement que Liam ait choisi un vocable aussi mesuré pour qualifier des sentiments si peu nuancés.

7

Durant les semaines qui suivirent, Liam consacra de plus en plus de temps à Nerys, avec la bénédiction de Sean Brady qui multipliait les allusions non voilées au superbe couple qu'ils formaient et ne manquait pas une occasion d'exprimer sa joie devant leur bonne entente.

Le ciel capricieux n'encourageait plus guère les randonnées pédestres, aussi la jeune fille était-elle ravie de pouvoir monter en compagnie de Liam. Comme elle le taquinait un jour sur les heures nombreuses qu'il soustrayait à son travail pour pouvoir les passer avec elle, il répliqua un peu sèchement qu'il ne faisait qu'obéir au malade et que si ce dernier n'y trouvait rien à redire, personne n'avait à s'en formaliser. Que répondre à cela? Nerys appréciait la présence du jeune homme, elle décida de ne plus poser de questions. Liam était très prévenant, très bien disposé à son égard, trop peut-être, songeait-elle, un peu gênée.

Elle ne voyait aucune objection à ce qu'il vienne la chercher au bas du perron au lieu de l'attendre près des écuries. Elle aimait sentir peser sur elle le regard expressif et chaleureux. Liam était séduisant et son admiration avait quelque chose de rassurant pour une femme.

Ce séjour eût été idyllique sans l'image de son oncle tassé dans son fauteuil roulant qui la hantait jusqu'à l'obsession. Les papiers officiels qui devaient faire de Liam un Brady devaient arriver dans la journée. C'était un événement d'une importance capitale pour les deux hommes. A table, Nerys s'était estimée de trop. Aussi les avait-elle abandonnés, aussitôt la dernière bouchée avalée, car elle avait résolu d'aller se promener avec le paisible Ben.

Cette excursion solitaire, en l'éloignant du climat troublé de la maison, lui permettrait de réfléchir. Elle en avait besoin. Il lui semblait que la métamorphose patronymique de Liam allait modifier leurs relations. Le jeune homme la demanderait-il en mariage, et si oui, que lui répondrait-elle?

Elle ne se dissimulait pas qu'elle le trouvait séduisant. Sans nul doute, toutes les femmes seraient tombées d'accord sur ce point. Cependant, en dépit des soins attentifs qu'il lui prodiguait et de l'indéfectible amitié qu'il lui témoignait, un doute sournois la rongeait. Elle ne pouvait s'empêcher de suspecter la spontanéité de son comportement. Pour tout dire, elle le soupçonnait d'agir sur ordre. D'où le malaise qu'elle ne pouvait se défendre d'éprouver en sa compagnie.

Cormac, le factotum, l'accueillit avec un vaste sourire dans les plis duquel disparaissaient ses petits yeux bruns au regard perçant. Ses rapports avec la jeune fille étaient empreints d'une aménité parfaite, mais elle sentait que rien ne lui échappait. Il parlait peu mais exécutait, vite et impeccablement, toutes les tâches qui lui étaient confiées. Nerys avait de la sympathie pour lui.

Il eut tôt fait de seller le bai dès qu'il aperçut l'arrivante.

— Merci, Cormac. Quelle journée superbe!

— C'est sûr, acquiesça-t-il. Il fait toujours beau chez nous à cette époque de l'année.

— Dites-moi, vous qui êtes un expert, quel temps pensez-vous que nous aurons en septembre exactement?

Le visage basané se tourna vers elle sans expression.

– Probable qu'il pleuvra. Mais pas suffisamment pour vous priver de vos promenades.

– Parfait! s'exclama Nerys avec entrain.

Alors qu'elle se calait confortablement sur la selle, son attention fut attirée par un mouvement qui s'était produit du côté des écuries. Cette fois, elle avait eu le temps de reconnaître la silhouette furtive. Le visage au teint mat, à la joliesse exotique que dévoraient les prunelles immenses s'attarda un instant devant elle avant de disparaître. Nerys n'avait pas croisé Sheila depuis leur malencontreuse rencontre. Trois semaines s'étaient écoulées et le docteur Duncan lui avait appris que Tom avait réintégré son cottage, presque complètement rétabli. Il lui en avait coûté d'adresser la parole au médecin alors qu'elle s'était promis de l'éviter. Mais par qui d'autre aurait-elle pu avoir des nouvelles du vieillard?

La silhouette gracieuse s'était immobilisée un instant. Sheila lui avait lancé un regard hostile avant de s'enfuir dans les taillis. Comme la première fois, Nerys n'aperçut qu'une fugace tache de couleur et des branches qui se refermaient docilement sur le passage de l'effarouchée. Cormac, qui tournait le dos à cette partie du jardin, n'avait rien vu. Son teint bistre indiquait qu'il avait lui aussi du sang gitan dans les veines. Nerys se demanda si la similitude de leurs origines rapprochait ces deux êtres, malgré la grande différence d'âge qui les séparait.

Ce qui l'intriguait, c'était la peur évidente de Sheila d'être découverte. Pourquoi son oncle se serait-il opposé à ce que Cormac reçoive des visites? La curiosité la poussa à questionner l'homme à tout faire.

– Connaissez-vous Sheila, Cormac?

– Elle habite avec son grand-père de l'autre côté de la rivière, fit-il en esquissant un geste vague dans cette direction.

– Je viens de la voir se sauver, poursuivit Nerys d'un ton

léger. J'ai l'impression que je la terrorise. J'aimerais bien savoir pourquoi... Rassurez-vous, ajouta-t-elle précipitamment, je ne parlerai à personne de sa présence ici.

Elle se souvint alors que Liam s'était montré bien évasif le jour où elle avait affirmé avoir vu une femme vêtue de jaune paille se faufiler sous la haie. Sans doute était-il au courant des visites furtives de Sheila, sinon pourquoi se serait-il efforcé de la persuader qu'elle avait été le jouet d'une illusion d'optique?

— M. Rogan est informé de ces allées et venues?

— Oui, se borna à répondre l'énigmatique Cormac. Si vous voulez bien m'excuser, mademoiselle, le travail m'attend.

Il tourna abruptement les talons, peu désireux de poursuivre la conversation et Nerys en fut pour ses frais.

Elle allait à l'amble le long de la grande allée bordée d'arbres. Le soleil automnal caressait délicieusement sa joue, à travers les branches aux feuilles jaunissantes. Le sourcil froncé, elle pensait au couple improbable que formaient Cormac et Sheila. Leurs origines communes suffisaient-elles à expliquer ce rapprochement? Comment pouvait-on aimer quelqu'un de tellement plus âgé que soi? songeait Nerys, sidérée.

Les frondaisons du parc immense exerçaient sur elle un effet lénifiant et elle se laissait guider par le placide Ben. A ce train-là, il lui fallut plus longtemps que de coutume pour couvrir son parcours habituel. Elle était encore loin de la montée qui cachait la rivière, quand elle entendit crier son nom.

Ce devait être Liam. Elle fit faire volte-face à sa monture et eut un haut-le-corps en reconnaissant l'abondante chevelure rousse de son poursuivant. Penché sur l'encolure du fougueux cheval noir dont la crinière soyeuse flottait au vent comme un étendard, Kevin Duncan arrivait à bride abattue. Son apparente nonchalance dénotait une prodigieuse maîtrise de l'équitation. A cette vitesse, il fallait une main de fer pour diriger l'animal lancé au grand galop. Nerys ne put retenir un mouvement d'admiration. Quel magnifique cavalier!

— Cormac m'avait bien dit que je vous trouverais par ici.

Les traits de la jeune fille se crispèrent légèrement.

— Vous avez besoin de moi, docteur Duncan?

— Humm... marmotta le médecin.

Mystifiée, elle éperonna Ben et piqua droit vers la butte.

— Attendez-moi! hurla-t-on derrière elle.

Il la rattrapa sans effort, fixant d'un air amusé le délicat visage tout chiffonné de contrariété.

— Cela ne vous ennuie pas que je vous accompagne?

— Je suppose que vous êtes libre d'aller où bon vous semble. La propriété ne m'appartient pas.

— Voyons, murmura le médecin, pourquoi boudez-vous?

— Je ne boude pas, explosa Nerys. J'ai besoin d'être seule.

— Je sais, cela nous arrive à tous, concéda son interlocuteur. Je vous promets de ne pas desserrer les dents.

Pourquoi ne pas l'ignorer tout simplement? Il finirait par comprendre et tournerait bride. Mais elle brûlait d'envie de le questionner sur Cormac et Sheila Flaherty, aussi le regarda-t-elle, radoucie.

— Comme vous voudrez.

— Vous êtes trop bonne, bouffonna son compagnon en mâchonnant horriblement ses mots à la mode du pays.

— Votre accent campagnard ne m'impressionne pas. Réservez-le à d'autres.

— Excusez-moi, Votre Grâce, ironisa-t-il aussitôt. Quand je me trouve près de vous, vous savez si bien me rappeler l'insignifiance de ma position que je ne puis que m'abîmer dans une rustique humilité.

Le front de Nerys s'empourpra. Elle bouillait d'indignation contenue. Ses doigts se crispèrent sur les rênes et Ben poussa un hennissement de protestation.

— Voilà ce que j'appelle du snobisme à rebours.

Les commentaires acerbes de Liam sur les privations ostentatoires qu'il s'imposait lui étant revenues à l'esprit, elle ne put s'empêcher d'ajouter :

— Pourquoi continuer à adopter un comportement qui vous sied si mal?

— Qu'en savez-vous? rétorqua-t-il, visiblement surpris.

— Avec précision, rien. Mais Liam m'a laissé entendre que votre attitude n'était pas dénuée d'affectation.

— Je m'étonne que vous ne l'ayez pas harcelé de questions. Voilà qui est bien peu féminin.

Elle se mordilla la lèvre avec fureur.

— Le sujet ne m'intéressait pas à ce point, jeta-t-elle avec hauteur.

Un rire homérique salua cette repartie acide. Cette hilarité avait quelque chose de si contagieux que la jeune fille baissa les yeux et se creusa les joues pour ne pas l'imiter.

— Vous semblez éprouver beaucoup de plaisir à me remettre à ma place.

Son accusation sonna presque joyeusement.

— A qui la faute? gémit-elle plaintivement. Vous me provoquez, je réagis. Ne vous en prenez qu'à vous-même.

— Je suppose que vous avez raison, reconnut-il et un grand sourire détendit ses traits anguleux. A la vérité, j'aime tellement vous voir perdre votre sang-froid que je ne peux m'empêcher de vous taquiner.

— Oh! s'exclama Nerys avec fureur. Un de ces jours, vous vous en repentirez.

— Possible, riposta le médecin, mais en attendant, j'en profite et je m'amuse.

Ils poursuivirent leur chevauchée en silence et s'arrêtèrent au sommet de la butte pour contempler le paysage calme qui s'étalait à leurs pieds. Le cheval noir piaffait impatiemment mais le bai placide savourait cette halte au soleil.

— J'ai aperçu Sheila Flaherty près des écuries, attaqua précautionneusement Nerys.

Son compagnon se tourna vers elle. Il y avait de la circonspection dans ses prunelles.

— Vraiment?

Elle le fixait, et l'absence apparente d'émotion que reflétait le visage d'ordinaire si mobile l'intrigua.

— Elle a pris la fuite en me voyant.

— Je ne suis pas le seul à être terrorisé par vous? railla son compagnon.

— Elle n'avait pas l'air terrorisée, rectifia Nerys avec humeur. Elle ressemblait plutôt à quelqu'un qui essaie de battre en retraite discrètement. Vous croyez qu'elle était venue voir Cormac en cachette? risqua finalement Nerys.

— Compteriez-vous sur moi pour vous l'apprendre? repartit le docteur, l'air mi-soulagé, mi-amusé.

— Non... Enfin, je me posais la question, sans plus, bredouilla la jeune fille, cramoisie. Il a du sang gitan dans les veines, n'est-ce pas?

— Mieux que cela. Il est gitan à cent pour cent.

— Pas Sheila, murmura rêveusement Nerys. Je me demandais si ce facteur commun n'était pas ce qui les rapprochait.

Le docteur Duncan dévisageait Nerys d'un air désapprobateur. Elle perdit contenance et s'enferra en tentant de justifier sa curiosité.

— Peut-on savoir pourquoi vous me regardez comme cela? Je ne cherche pas à être indiscrète. Et ce n'est pas la peine de prendre cette allure condescendante!

— Excusez-moi, fit-il, faussement contrit. Je répondrais volontiers à votre question, si c'en était une réellement.

Mais j'ai l'impression que vous y avez déjà trouvé réponse vous-même. Vous semblez persuadée de détenir la vérité en ce qui concerne les relations qu'entretiennent Sheila et Cormac. Je perdrais mon temps si j'essayais de vous expliquer de quoi il retourne.

– Essayez donc, insista Nerys.

– Je m'en garderais bien. D'ailleurs, il y a des sujets qu'il vaut mieux ne pas aborder, croyez-moi.

Là-dessus, le médecin éperonna sa monture et dévala au grand galop la pente qui menait à la rivière.

Nerys s'élança à sa suite à bride abattue, s'arrêtant de justesse au bord de l'eau.

– La prochaine fois, ce sera le plongeon dans ces eaux glacées, menaça plaisamment le docteur Duncan.

Mais dans les prunelles bleues se lisait une admiration non déguisée.

Dressée sur son cheval bai, avec ses longs cheveux noirs qui retombaient en cascades folles sur ses épaules et ses yeux qui brillaient comme deux escarboucles, la jeune fille ressemblait à une ravissante sauvageonne. Un rire flûté et un peu provocant lui échappa.

– Ne vous tracassez pas pour moi. Je sais nager.

– Oh, mais je ne m'inquiète pas! s'exclama-t-il d'un ton badin. Il y aura bien toujours quelqu'un dans les parages pour voler à votre secours.

– Vous n'iriez pas me repêcher, vous?

Il se borna à sourire et s'approcha du bai, les bras tendus.

– Vous mettez pied à terre?

Elle eut un bref hochement de tête.

Il la souleva doucement pour l'aider à descendre, et la tint tout contre lui, ses yeux moqueurs plongeant dans ceux de Nerys.

– Personne ne prendra de bain forcé, déclara-t-elle d'une voix qui tremblait légèrement.

Sa lèvre inférieure se crispa en une moue boudeuse.

— Je suis assez grande pour me débrouiller seule.

— Humm... marmonna son compagnon avec une intonation dubitative.

Irritée, Nerys le repoussa d'un geste sec et se précipita vers le cheval noir.

— Nerys! hurla le médecin.

Une seconde trop tard, il avait deviné son intention.

— Ne faites pas cela!

Elle se hissa sur la selle de cuir fauve et l'animal puissant se mit à piaffer et à ruer avec entrain pour tester les réflexes de sa cavalière.

— Rentrez avec Ben. Je vous emprunte votre monture.

— Ne soyez pas stupide! cria de nouveau le docteur.

Il bondit, essayant d'attraper la bride, mais elle fut plus vive que lui, éperonna le cheval noir et s'éloigna au grand galop sur le sentier qui courait au pied de la colline.

Avec une excitation croissante, elle sentait le pur-sang avaler les obstacles avec une sûreté parfaite. Le vent giflait son visage et faisait voler ses longs cheveux noirs, comme il ébouriffait la crinière de sa monture. Ils contournèrent la colline et s'élancèrent vers les grands espaces dénudés du parc. L'animal poursuivait sa course à un train d'enfer. Son énergie semblait inépuisable et prodigieuse. Sans doute s'était-il fixé un but et le suivait-il. Nerys dut tirer sur le mors avec frénésie pour l'obliger à faire demi-tour. Avec un hennissement rageur, il revint vers la butte à bride abattue. La jeune fille n'avait plus de force dans les poignets. Elle distingua vaguement la chevelure rousse du docteur Duncan qui, juché sur le brave Ben, galopait vers elle. C'est alors qu'elle vida les étriers et fut précipitée sur le tapis providentiellement herbeux où elle perdit connaissance.

Une main au toucher expert lui palpait les côtes. Elle ouvrit les yeux. Un regard inquiet et furieux se posa sur elle.

– Insensée! tempêta l'homme de l'art. Écervelée! Vous méritiez mille fois de vous rompre les os.

– Rien de cassé? s'enquit-elle d'une voix de fillette grondée.

Les manches de son chandail étaient retroussées, il était agenouillé sur l'herbe à ses côtés.

– Vous êtes couverte de bleus, c'est tout.

– Je suis restée évanouie longtemps?

– Suffisamment longtemps, rétorqua-t-il, sibyllin. Laissez-moi vérifier une dernière fois.

Il se livra à un examen méthodique des jambes, des bras et du cou de l'imprudente. Elle ponctuait l'examen de petits gémissements de douleur.

– Vous souffrez, là?

Il tâtait délicatement son épaule gauche car elle avait poussé un cri un peu plus fort que les autres quand il y avait posé la main.

– Non, pas vraiment. Encore une ecchymose.

– Permettez-moi de m'inquiéter. Je connais votre entêtement. Vous seriez capable d'affirmer que tout va bien même si vous vous étiez fracturé la clavicule.

– Cela vous contrarie que je sois sortie indemne de cette chute?

Il se remit prestement sur pied et lui tendit la main pour l'aider à se relever.

– Debout! Que je voie comment vous tenez sur vos jambes.

Elle se redressa avec lenteur.

– J'ai mal un peu partout, mais autrement, ça va.

– Je sais bien où vous auriez mal si je m'écoutais, bougonna le médecin. Je vous aurais fait passer l'envie de vous asseoir pendant un bon bout de temps!

– Merci, docteur! persifla la victime en fronçant avec insolence son petit nez retroussé. Voilà une réaction qui vous honore et surtout, bien digne de l'homme de science que vous êtes!

– Mais je ne le suis pas en cet instant...

Et, sans que rien eût pu laisser prévoir son geste, il l'attira contre lui avec rudesse et sa bouche s'abattit impérieusement sur celle de la jeune fille.

Nerys demeura un instant pétrifiée, le cœur battant et les jambes molles. Puis elle se ressaisit et se débattit furieusement pour tenter de se dégager. Ses yeux dardés dans le bleu des prunelles de celui qui l'étreignait, elle martelait à coups de poing floconneux la poitrine musclée de son agresseur.

– Nerys, chuchota-t-il d'une voix rauque...

Ce fut tout. Car, à cet instant précis, elle aperçut la silhouette de Liam qui se découpait avec netteté sur fond de ciel azuré. Il dévalait la pente au galop et, même à cette distance, il était clair qu'il paraissait furieux.

– Liam!

Nerys rougit jusqu'à la racine des cheveux. Quel tableau devait-elle présenter ainsi, cramoisie et échevelée... Liam avait certainement été témoin de toute la scène. Le docteur Duncan eut un mouvement d'humeur qu'il chassa rapidement. Lorsque Liam les eut rejoints, il avait déjà plaqué sur son visage le vaste sourire dont il se départissait si rarement.

L'arrivant embrassa d'un coup d'œil le spectacle qu'offraient les deux protagonistes et, notant au passage le désordre de la tenue de la jeune fille, il lança d'un ton glacial :

– Nerys! J'espère que ma présence n'est pas importune. Si tel est le cas, je vous prie de m'excuser.

– Mais non, bien sûr, assura-t-elle en sentant peser sur elle le regard railleur du médecin. J'ai fait une chute et le docteur Duncan vérifiait si je n'avais rien de cassé. Je suis couverte de bleus, rien de sérieux.

– Vous m'en voyez ravi, siffla Liam, vipérin.

Nerys sursauta, saisie par le mépris qui corrodait cette voix d'ordinaire si mélodieuse.

– Vous vous rendez compte que je pourrais vous casser les reins, Duncan? Un médecin, pris en flagrant délit avec une patiente... De quoi ruiner définitivement votre carrière!

Nerys qui n'avait pas envisagé la situation sous cet angle, en eut le souffle coupé.

Les yeux bleus de Kevin brasillèrent dangereusement.

– Un instant, Rogan.

Le menton carré se leva agressivement vers Liam.

– Je ne suis pas le médecin de Miss Brady et je n'ai aucune envie de le devenir. J'ai fait ce que tout homme aurait fait à ma place. J'ai voulu m'assurer qu'elle ne souffrait d'aucune fracture.

– Et le baiser dont vous l'avez gratifiée, il faisait partie de l'examen aussi?

– Absolument pas, rétorqua posément Kevin. Il ne faisait qu'exprimer mon soulagement. Si Nerys y trouve à redire, je suis tout prêt à lui adresser mes plus humbles excuses. Quoique je ne sois pas sûr qu'elle le souhaite.

Le visage de Liam se couvrit de taches violacées. Une lueur menaçante s'alluma dans ses prunelles et ses poings se crispèrent de fureur.

– Liam! s'interposa vivement Nerys, en posant une main apaisante sur son bras. Le docteur Duncan a dit la stricte vérité. J'ai eu l'imprudence de monter le cheval noir, voilà tout. J'ai eu de la chance de m'en tirer à si bon compte.

– Pardonnez-moi, articula Liam d'une voix altérée. Je ne comprends pas comment Cormac a pu vous laisser partir sur Némésis.

Les yeux obstinément fixés sur le bout de ses bottes, elle déglutit péniblement.

– Cormac n'est pas responsable. J'ai rencontré le docteur Duncan par hasard et j'ai voulu essayer sa monture en dépit de ses mises en garde.

Liam hocha la tête d'un air mi-désapprobateur, mi-admiratif.

— Quelle hardiesse!

— Quelle inconscience! corrigea le médecin rudement.

Liam le fusilla du regard.

— Je rentre avec Miss Brady, jeta-t-il, glacial. Vous pouvez disposer.

Kevin Duncan ignora la grossièreté de la formule.

— Si Nerys n'a plus besoin de moi, je vais rattraper mon cheval et poursuivre ma promenade.

A sa façon de s'exprimer, on eût dit que Nerys, après avoir profité de la science du praticien, le congédiait comme un vulgaire laquais. Un vif sentiment de culpabilité s'empara de la jeune fille lorsqu'elle repensa à la raison futile qui l'avait incitée à accepter sa compagnie.

— Je vous remercie, Kev... docteur Duncan, bredouilla-t-elle faiblement. Je vais rentrer avec Ben.

Le médecin jeta un coup d'œil en direction de Némésis qui l'observait, le naseau frémissant.

— On va voir si ce démon crache encore des flammes. Si j'étais vous, Rogan, je regagnerais les écuries au pas. Miss Brady est couverte d'ecchymoses et je doute que le trot soit l'allure qui lui convienne après cette douloureuse mésaventure.

— Il n'y a plus de Rogan, Duncan, gronda aussitôt l'interpellé.

Il se rengorgea.

— Je m'appelle Brady désormais. Liam Brady.

Les yeux bleus se posèrent sur le jeune homme et s'attardèrent une fraction de seconde sur le visage hâlé où se lisait une arrogance toute fraîche.

— Félicitations, fit le médecin d'un ton posé.

Et il tourna les talons, laissant Nerys en proie à une inexplicable tristesse.

8

Lorsqu'elle descendit pour le petit déjeuner, Nerys trouva Liam attablé devant une appétissante assiette d'œufs au bacon. L'air préoccupé du jeune homme l'intrigua et elle le dévisagea non sans perplexité lorsqu'il se leva de sa chaise pour l'accueillir d'un rituel :

– Bonjour, Nerys.

A Duffy, qui faisait son entrée au même instant, un plateau dans les mains, il lança :

– Félicitations! La synchronisation est parfaite, comme d'habitude.

Le visage charnu de la fidèle gouvernante rosit de plaisir.

– Il fait frais ce matin, annonça-t-elle. Et ces pluies d'automne me glacent le sang. Octobre est vraiment un mois désagréable.

– Il ne faut pas trop se plaindre, fit Nerys sur le mode enjoué. Nous avons essuyé quelques averses, mais dans l'ensemble, cela n'a pas été trop catastrophique jusqu'ici.

Elle avala une gorgée de thé brûlant.

– Cormac avait vu juste.

Surpris, Liam releva le nez.

– Que vient faire Cormac dans ces considérations?

– Cormac?

La jeune fille éclata de rire.

– C'est un expert en météorologie. Vous ne le saviez pas? Nous en parlions il y a quinze jours et ses prévisions se sont révélées tout à fait exactes.

Armée d'un couteau à bout arrondi, elle beurrait méthodiquement une tranche de pain grillé. Absorbée par sa tâche gourmande, elle ne vit pas le coup d'œil que lui décocha subrepticement Liam.

– Comment en êtes-vous venue à aborder ce sujet avec lui? s'enquit son vis-à-vis avec une curiosité non déguisée.

– Ses bulletins à court terme s'étaient toujours avérés satisfaisants, alors je me suis dit qu'il n'y avait pas de raison que sa sagacité dans ce domaine ne s'exerce pas à long terme, expliqua gaiement Nerys. C'est bien normal, tout le monde sait que les...

Elle s'interrompit net, vira à l'écarlate et enchaîna gauchement :

– ... les paysans sont dotés d'un sixième sens pour ces choses-là.

Son plateau sous le bras, Duffy s'éclipsa à pas feutrés.

Liam ne répondit pas immédiatement mais ses pommettes pâlirent.

– Vous vouliez dire les gitans, je présume, rectifia-t-il d'un ton dangereusement uni.

– Non, reprit Nerys fermement. Les agriculteurs. Les gens qui travaillent la terre semblent entretenir avec les éléments des relations subtiles qui leur donnent un véritable pouvoir de divination.

– Vraiment?

Liam eut un rire sec et sans joie.

– Dans ce cas, je regrette de ne pas être des leurs. Car ce genre de don me fait cruellement défaut.

– Liam!

Nerys tendit impulsivement le bras vers lui et lui tapota

la main avec un sourire d'excuse teinté d'agacement. Il
releva le front et lui rendit son sourire.

— Comme vous êtes jolie, et comme ce petit air contrit
vous va bien!

— Ce n'est pas seulement un air, appuya la jeune fille. Je
suis réellement navrée. Je ne veux pas que vous voyiez dans
ma remarque étourdie une intention que je n'y avais pas
mise.

— Vous me trouvez trop susceptible?

Elle eut un instant d'hésitation, le considéra d'un air
contraint.

— Voilà une question à laquelle il m'est difficile de
répondre. Je ne suis pas à votre place. Cependant, je ne
vois pas pourquoi vous devriez prendre davantage ombrage
de ce genre de réflexion qu'un Gallois ou un Irlandais, par
exemple. Franchement, où est la différence?

— Je vous assure qu'il y en a une, insista le jeune
homme.

— Oui, concéda Nerys avec tristesse. Tant qu'il y aura
sur terre des Binty Monahan, il est certain que des êtres
comme Sheila Flaherty et Cormac seront en butte à une
discrimination coupable et révoltante.

A peine eut-elle prononcé le nom de la jeune fille que
Nerys sut qu'elle venait de commettre, en toute innocence,
une nouvelle bévue.

— Vous connaissez Sheila? questionna Liam non sans
une nuance de surprise.

Nerys détourna le regard.

— Je... je l'ai rencontrée, bredouilla-t-elle, confuse. En
tout cas, ajouta-t-elle pour faire diversion, il me semble que
seul Cormac qui est cent pour cent gitan devrait s'attirer
ce genre de remarques stupides et basses.

Liam reposa sa fourchette au bout de laquelle était
planté un morceau de bacon croustillant à souhait, et la
dévisagea avec attention.

— Comment savez-vous que je ne suis qu'à demi
gitan?

Nerys perdit contenance et son nez si joliment retroussé rougit légèrement. Les paroles de Kevin Duncan lui revinrent à la mémoire avec une netteté surprenante.

— Comment expliquer autrement la couleur de vos yeux?

Liam tressaillit comme s'il avait reconnu la provenance de ces mots. Les fameux yeux gris se rétrécirent soudain.

— Vous avez découvert cela toute seule? fit-il d'un ton suave. Ou quelqu'un vous aurait-il aiguillée sur cette piste?

— Je m'en suis aperçue toute seule, affirma en hâte la jeune fille.

— Et on vous a confortée dans cette brillante déduction, je présume? Inutile de vous demander le nom de votre informateur.

— Personne ne s'est avisé de me révéler quoi que ce soit à votre sujet, s'indigna Nerys. Liam, j'aimerais tant que vous ne soyez pas si susceptible sur le chapitre de vos origines. Ce qui est important, c'est ce que vous êtes maintenant, ce que vous avez été pendant ces dix-sept ans aux yeux de mon oncle et de tous les gens du voisinage : un Brady et rien d'autre.

La voix de Nerys s'efforçait d'être convaincante, pourtant elle savait bien qu'elle ne parviendrait pas à estomper chez Liam les effets de cette sensibilité exacerbée héritée du fond des âges.

— Pas tous, objecta-t-il avec violence. Il y en a beaucoup par ici qui ne verront jamais en moi que le fils d'une bohémienne recueilli par Sean Brady. Pour eux, je resterai toujours Rogan le Gitan et rien de plus, acheva-t-il avec une amertume poignante.

— Liam, ne vous torturez pas ainsi! Ne laissez pas l'opinion de deux ou trois misérables individus vous bouleverser ainsi quand ceux qui vous connaissent et vous acceptent sont si nombreux...

Les yeux ardoise se posèrent sur elle et la souffrance qu'on y lisait s'éteignit graduellement.

– Pardonnez-moi, Nerys, je vous en prie. Je n'ai aucune raison de m'attendrir sur mon sort, vraiment aucune. Ma conduite est indigne.

Il serra entre les siennes la main de sa compagne et son visage se dérida soudain.

– Comme vous êtes jolie, murmura-t-il comme pour lui-même.

– Merci, doux seigneur, ironisa gentiment Nerys qui baissa la tête avec une modestie feinte. Vous êtes trop bon pour une pauvre jouvencelle.

A ces mots, il eut un bref froncement de sourcils.

– Pas autant que je le devrais. Je vous ai négligée ces derniers jours, Nerys, mais je vous promets que je vais rattraper le temps perdu.

– Vous me surprenez, mais si vous voulez vous traîner à mes pieds pour implorer mon pardon, je vous en prie, faites. Je ne saurais vous en empêcher.

Ils badinèrent ainsi pendant tout le reste du repas et l'atmosphère se détendit, bien que Nerys sentît confusément que quelque chose le préoccupait. Lorsqu'il se leva de table, après avoir consulté sa montre, elle lui proposa de l'accompagner.

– Le temps de prendre un manteau et je vous rejoins. Nous ferons un bout de trajet ensemble. Si vous n'y voyez pas d'inconvénient, bien sûr.

Il hésita une fraction de seconde.

– J'en serai ravi, au contraire.

Le sol était encore détrempé sous leurs pas, un soleil falot s'efforçait de percer à travers les branches pas encore tout à fait dépouillées de leurs feuilles. L'air était humide et Nerys frissonna.

– Je vous suis jusqu'à l'allée cavalière, je pousserai un peu plus loin sur la route, histoire de m'aérer un peu.

– Ce temps n'est guère propice aux promenades. Ne vous aventurez pas trop loin. Le brouillard tombe vite à cette époque de l'année.

– Je serai prudente, ne vous inquiétez pas. Il me semble que je commence à acquérir ce fameux sixième sens des gens de la campagne.

Lorsqu'ils furent arrivés au bout de l'allée, Liam se planta devant la jeune fille. Le cœur de Nerys se mit à battre follement sous la fixité de ce regard.

– Vous allez vous mettre en retard, le taquina-t-elle d'une voix incertaine.

– Peu importe...

Il la tenait fermement par le bras.

– Vous savez que je vous aime beaucoup, Nerys?

– Je l'espère bien. Ne sommes-nous pas cousins? Ce serait vraiment dommage que nous n'ayons pas d'affection l'un pour l'autre. Le cercle de notre famille est si restreint!

– Officiellement, nous sommes des Brady tous les deux, c'est vrai, concéda le jeune homme. Mais c'est dans vos veines et dans vos veines seulement que coule le sang de la tribu, Nerys. Si je ne suis qu'une pièce rapportée, vous êtes, vous, la dernière descendante de la lignée.

– Plus maintenant, se récria vivement la jeune fille en essayant de décoder cet énoncé nébuleux. Lorsque vous fonderez un foyer, vos fils empêcheront le nom de s'éteindre.

Liam hocha la tête et poursuivit avec obstination :

– Peut-être, mais cela ne compte pas autant que la consanguinité. Je vous assure que père attache une importance capitale à ce point.

Nerys égrena un rire contraint.

– C'est l'éleveur de chevaux qui parle! On ne peut appliquer à des êtres humains des préceptes qui concernent des animaux. Lorsque je me marierai, la dernière descendante d'une longue lignée de Brady changera de patronyme, mais vous, Liam, le perpétuerez, comme le souhaite mon oncle.

Les yeux gris se dérobèrent.

– La meilleure solution ne serait-elle pas que vous... m'épousiez? lâcha-t-il comme on se noie.

Nerys tressaillit violemment sous le choc. Elle s'était attendue à une demande de mariage, mais pas à l'étrange façon dont elle était formulée.

– Dois-je comprendre que vous venez de me solliciter ma main, Liam, ou est-ce une plaisanterie?

– Je n'ai jamais été aussi sérieux de ma vie, je vous assure. Je vous en supplie, Nerys, dites oui.

– Mais... pourquoi?

Elle le regardait, les yeux écarquillés, cherchant à comprendre le sens caché de cette déclaration qui n'avait décidément rien de romantique.

– Parce que je le veux.

Sa voix n'était qu'un murmure, il releva le petit menton obstinément baissé et déposa sur ses lèvres pleines un baiser d'une douceur douloureuse.

– Parce que je veux vous épouser. N'est-ce pas la meilleure des raisons?

Nerys se taisait en attendant que les battements précipités de son cœur se calment.

– Comme c'est étrange... Je croyais que l'amour était la motivation fondamentale du mariage et vous n'avez même pas prononcé ce mot.

– Je voulais être honnête avec vous. Je sais l'importance que vous attachez à ce sentiment; je me souviens de ce que vous avez répondu à père à ce sujet l'autre jour.

Nerys repassa rapidement dans sa tête les éléments de cette singulière conversation. Son oncle avait clairement exprimé son point de vue. Pour lui, les meilleures unions étaient celles que les familles arrangeaient pour servir une communauté d'intérêts. Liam n'avait pas desserré les dents et la raison de son silence devenait lumineuse maintenant.

– Vous approuvez les conceptions matrimoniales que prône mon oncle? jeta-t-elle d'un ton accusateur. C'est cela, n'est-ce pas?

Il y avait du mépris et de l'humiliation dans cette assertion et Liam la considéra, consterné.

– Nerys, parvint-il enfin à articuler. J'ai attendu, je vous ai laissé du temps pour vous habituer à moi, tout comme je me suis accordé du temps pour apprendre à vous connaître.

Toute glacée qu'elle fût à l'idée que l'on s'était servi d'elle avec tant de cynisme, la jeune fille ne put s'empêcher d'être émue par la détresse qu'exprimaient les yeux gris.

– Au début, j'ai dû me faire violence, poursuivit à voix basse le jeune homme. Mais maintenant que je vous connais, que j'ai de l'affection pour vous, ces projets ne me paraissent plus aussi odieux. Je vous aime bien; peut-être que, le temps passant, je vous aimerai tout court. Je vous en supplie, dites oui!

Elle secoua la tête.

– C'est impossible, Liam. Ce que j'ai répondu à mon oncle, je le pense vraiment. Je n'épouserai qu'un homme dont je serai réellement éprise.

– Et vous n'imaginez pas que vous puissiez tomber amoureuse de moi?

Les yeux de Nerys s'embuèrent.

– Je... je ne sais pas, Liam.

Un baiser furtif se posa sur sa joue.

– Je ferai tout pour que cela arrive.

Il l'attira doucement contre lui et elle se cacha le visage contre sa poitrine.

– C'est donc si important? chuchota-t-elle.

– Oui, fit-il avec lenteur. Beaucoup plus que vous ne le croyez.

– Pour vous? insista-t-elle.

– Pour moi, bien sûr, mais pour père surtout. Ce sont ses

dernières volontés. Nous sommes toute sa famille et il ne veut pas qu'elle s'éteigne.

Comme assommée par cet aveu, Nerys redressa la tête et regarda le jeune homme droit dans les yeux.

— Comment peut-on organiser aussi froidement ce genre de machination? s'exclama-t-elle avec violence. C'est indigne! Cela revient à me ravaler au rang d'une poulinière chargée d'assurer la pérennité des Brady, cette race en voie d'extinction. Vous ne voyez pas ce que ce plan a de monstrueux?

— Nerys, essayez de le comprendre, répondit faiblement Liam. Père est mourant; il s'agit là de son vœu le plus cher. Il nous aime tous les deux. Quant à nous, nous avons assez d'affection l'un pour l'autre pour que cet arrangement soit viable.

— C'est impossible, objecta sourdement la jeune fille. Comment a-t-il pu concevoir un tel plan?

— Nerys, fit son compagnon d'un ton implorant. Il a tant fait pour moi... Ne me condamnez pas, je vous en supplie. C'est la seule façon pour moi d'acquitter ma dette envers lui.

— Et moi?

La voix de Nerys dérapa sous le coup de l'émotion et elle répéta en bégayant :

— Et... moi, Liam? Je ne compte pas?

— Mais si, bien sûr. Je vous l'ai dit, jamais je n'aurais consenti à conclure cet arrangement si je ne m'étais assuré auparavant que vous aviez de l'amitié pour moi.

— Je commençais à avoir de l'affection pour vous, c'est vrai, mais je ne me doutais pas que l'invitation d'oncle Sean cachait d'aussi ténébreux desseins. Jamais je ne serais venue si j'avais pu penser un seul instant à ce qui se tramait.

— C'est bien pour cela qu'on ne vous a informée de rien, avoua Liam penaud. Je mesure pleinement le côté abject de cette machination. Néanmoins, je puis vous jurer que ces semaines passées ensemble m'ont permis de m'attacher à vous.

La jeune fille songeait aux milliers de mariages qui avaient été conclus dans des conditions identiques et avaient réservé un sort heureux aux protagonistes.

Un immense soupir lui échappa. Comme s'il lisait dans ses pensées, Liam l'obligea à relever tout doucement la tête.

– Nerys, reprit-il dans un souffle. Dites oui.

– Je ne peux pas, je ne sais pas. Je dois réfléchir.

Les longs cils soyeux palpitaient.

– Bien sûr, opina hâtivement Liam. Lorsque vous aurez pris une décision, nous préviendrons père.

– Quelle que soit cette décision?

– Quelle qu'elle soit, acquiesça le jeune homme avec un léger froncement de sourcils.

Absorbée dans ses pensées, Nerys marchait d'un pas d'automate. Lorsqu'elle jeta un coup d'œil autour d'elle, elle aperçut la rivière qui serpentait dans la vallée et coulait au pied de collines recouvertes d'une herbe grasse et détrempée par les pluies d'octobre. En été, ce devait être un coin idéal pour pique-niquer. La jeune fille avançait sans but. Ses cheveux étaient collés par l'humidité et ses mèches brunes étaient plaquées contre ses joues.

Niché au creux du vallon, un cottage trapu et blanc attira son attention. Elle résolut de se diriger vers le panache de fumée que crachotait l'étroite cheminée. Les petites exploitations comme celle-ci abondaient dans la région. On y élevait deux ou trois cochons et des poules sur lesquelles veillait l'inévitable bâtard au poil incertain.

Effectivement, lorsqu'elle atteignit la barrière, un gros chien de race mal définie s'élança en jappant furieusement. Nerys s'engagea cependant dans la petite allée sans qu'il cherchât à l'en empêcher. Le cottage était plus grand qu'on eût pu le penser et surtout, il était magnifiquement situé. Une femme à l'air avenant s'encadra dans la porte et adressa à l'arrivante un sourire de bienvenue. Elle se mit à gronder l'animal qui continuait à grogner.

— Tais-toi, vieux fou! Laisse passer la demoiselle.

Le quadrupède s'éloigna, la queue basse, et Nerys rendit son sourire à la paysanne dont les traits lui semblaient vaguement familiers. Ce visage rond et jovial lui rappelait quelque chose.

— C'est un bon chien de garde que vous avez là, déclara-t-elle avec chaleur.

La femme eut un haussement d'épaules désabusé.

— Pour faire du bruit, il n'a pas son pareil. Mais c'est bien tout ce qu'il est capable de faire.

— Sait-on jamais? lança Nerys d'un ton enjoué. Il vaut mieux se montrer prudent avec ces animaux.

— Vous avez bien fait, acquiesça aussitôt son interlocutrice, quand on n'est pas du pays, c'est préférable.

Nerys ne put s'empêcher de rire, c'était une façon aussi claire qu'une autre de lui demander de décliner son identité.

— Je ne suis là que depuis quelques semaines. J'habite chez mon oncle, à Croxley.

Elle tendit une main dont on s'empara sans hésitation.

— Je m'appelle Nerys, Nerys Brady.

— Je m'en doutais un peu, lança la fermière, l'air radieux. Je suis Nora Kelly, la sœur de Mary McCarthy. Vous savez, vous avez aidé le docteur Duncan quand elle a mis son dernier-né au monde.

— Mais oui! s'écria Nerys. Votre visage me disait quelque chose. Vous ressemblez beaucoup à votre sœur, madame Kelly. Quant à l'aide que je lui ai prêtée, mieux vaut ne pas en parler. Je ne lui ai pas été d'un grand secours, ni au docteur Duncan non plus, d'ailleurs.

— Ah! soupira Nora Kelly en roulant des yeux extatiques, n'est-ce pas qu'il est merveilleux, notre médecin?

Mais vous le connaissez puisque vous êtes voisins.

– Un peu, laissa tomber Nerys du bout des lèvres. Sa popularité semble immense dans le canton.

– Et bien méritée! En voilà un qui ne plaint pas sa peine! Mais je jacasse et je vous laisse dehors par cette humidité. Entrez donc un instant vous reposer.

Nerys remercia et accepta sans l'ombre d'une réticence. Cette femme joviale lui plaisait. Quant à sa curiosité, elle n'avait rien de surprenant. L'endroit était tellement isolé...

– Si vous êtes sûre que cela ne vous dérange pas, madame Kelly, je serai ravie de me mettre un peu au sec. Cette bruine vous transperce jusqu'à la moelle.

– Le soleil va bientôt éponger toute cette eau, déclara Nora Kelly avec une assurance tranquille. Asseyez-vous là, je vais préparer du thé.

– Ce n'est pas la peine, lança précipitamment la jeune fille qui avait encore dans la bouche le goût âcre du breuvage boueux que lui avait offert Binty Monahan.

Son hôtesse eut l'air déçu mais n'insista pas.

– Comme vous voudrez. En attendant, séchez-vous un peu près du feu.

– Je ne me suis pas rendu compte que je m'étais aventurée si loin, observa Nerys piteusement. J'ai fait un bout de chemin avec mon cousin et puis j'ai continué à marcher, droit devant moi.

– Vous n'êtes pas si loin de Croxley que cela. Un peu plus d'un kilomètre à travers champs.

Nora Kelly jeta à sa visiteuse un coup d'œil amicalement inquisiteur.

– Est-ce vrai ce que l'on raconte au sujet de votre cousin? Il a changé de nom?

– C'est exact, confirma Nerys.

« Allons, se dit-elle en aparté, Nora Kelly ne vit pas aussi à l'écart du monde que je l'imaginais. »

– C'est un beau jeune homme maintenant, commenta

son interlocutrice avec une pointe d'envie. Je l'ai connu tout bambin. Nous sommes à peu près du même âge que lui, ma sœur et moi.

Nerys émit un petit rire nerveux.

— Dans un endroit comme celui-ci, les gens ne doivent pas être des étrangers les uns pour les autres, je présume.

— C'est vrai. Nous avons tous plus ou moins grandi ensemble, M.Ro... M.Brady, le docteur Duncan et nous. Ma sœur et moi, nous voyions très souvent M. Duncan pendant les grandes vacances.

— Je ne savais pas qu'il était originaire d'ici, fit Nerys d'un air pensif.

Elle brûlait d'envie de bombarder son hôtesse de questions au sujet du mystérieux médecin, mais elle n'osait se livrer à ce genre d'inquisition.

— Oh, protesta providentiellement l'aimable Mme Kelly, on ne peut pas dire qu'il soit du village à proprement parler. Mais son père demeure tout près d'ici, à Dudden House.

— Oui, s'empressa d'opiner la jeune fille en prenant un air entendu.

Mme Kelly lui jeta un bref coup d'œil et poursuivit néanmoins :

— Le docteur lui rend régulièrement visite en bon fils qu'il est, bien qu'il refuse de vivre sous son toit ou d'accepter un centime de lui. J'imagine que M. Brady est heureux de l'avoir si près de lui.

— Bien sûr! s'écria aussitôt Nerys.

— Je suis sûre qu'il n'a pas renoncé à réconcilier Kevin Duncan avec son fils adoptif. Ce n'est pas une situation commode, n'est-ce pas? Quant à blâmer le pauvre monsieur, c'est difficile.

— Mmm...

Nerys espérait que ce vague bruit de bouche suffirait à convaincre son interlocutrice qu'elle connaissait aussi bien qu'elle les tenants et les aboutissants de cette nébuleuse histoire. Les propos énigmatiques de Nora Kelly avaient piqué sa curiosité. Elle mourait d'envie de savoir pourquoi Liam nourrissait une telle animosité à l'égard du médecin mais elle savait qu'elle ne pourrait jamais s'abaisser à questionner son informatrice bénévole sur ce sujet. Il lui fallait attendre que celle-ci levât le voile du mystère au détour de la conversation.

– Mais, jeta soudain la fermière avec un rire gêné, vous savez tout cela mieux que moi. Excusez mon bavardage, Miss Brady, je vois si peu de monde, ajouta-t-elle d'un ton contrit.

– Ne vous excusez pas, madame Kelly, déclara Nerys, désolée de voir se tarir si vite son unique source de renseignements. Je vous assure que j'ai pris un grand plaisir à notre conversation.

Après un discret coup d'œil à sa montre, elle se leva pour prendre congé.

– Je vais rentrer par la route, ce sera plus court.

Nora Kelly acquiesça vigoureusement et accompagna la visiteuse, lui expliquant avec force gestes le trajet à suivre.

– Bref, conclut-elle en cessant de lancer ses bras dans tous les sens comme une girouette détraquée, vous ne pouvez pas la rater.

Nerys la remercia chaleureusement pour son hospitalité.

– A bientôt, madame Kelly. Je serai ravie de vous revoir.

– Moi aussi, assura la fermière en donnant de la voix pour rappeler le gros chien qui trottait déjà sur les talons de Nerys.

La brume était épaisse et la jeune fille progressait avec précaution dans les herbages. L'humidité l'enveloppait comme un suaire et déposait sur ses cheveux et ses cils des gouttelettes glacées. Le soleil essayait désespérément de percer la grisaille dense d'une couche de cumulo-nimbus.

Le silence qui ouatait les prairies grasses avait quelque chose d'inquiétant et ce fut avec soulagement que Nerys entendit crisser sous ses pas les gravillons de la route annoncée.

Il passait si peu de voitures sur cette voie de campagne qu'elle tourna instinctivement la tête en percevant un ronflement de moteur. Celui-ci toussait et vibrait d'une manière si caractéristique qu'elle ne put réprimer un sourire.

Kevin Duncan, le sourcil en accent circonflexe, stoppa à sa hauteur et ouvrit la portière.

– Que faites-vous si loin de Croxley par ce temps? lança-t-il du ton bourru qu'affectent certains médecins quand ils s'adressent à des malades indociles. Vous cherchez à attraper une pneumonie?

– Non, rétorqua sèchement Nerys en grimpant dans l'antique véhicule.

– Voilà une réponse laconique, railla-t-il aussitôt en remettant le contact. Serait-ce une visite de politesse qui vous a amenée dans ces parages?

– Pas exactement, susurra-t-elle en coulant vers son chauffeur un coup d'œil de biais. Mais j'ai rencontré quelqu'un en route et nous avons bavardé.

– Vraiment! fit-il en contrefaisant la surprise la plus vive.

– Oui, renchérit Nerys. J'ai conversé avec une de vos plus ferventes admiratrices.

Elle l'observa à la dérobée.

– Vraiment? répéta le médecin, une octave plus haute. Qui donc?

– Nora Kelly, répliqua Nerys d'un air innocent.

– Une fameuse bavarde! Mais ce n'est pas une méchante langue.

– Une vraie mine de renseignements, commenta Nerys en lui jetant un regard appuyé. Elle est in-ta-rissable, ajouta-t-elle avec emphase.

– Je n'en doute pas.

Le ton était apparemment uni.

– Vous a-t-elle appris des choses intéressantes?

Nerys eut un vague haussement d'épaules.

– Certainement.

– On ne saurait être plus clair, persifla-t-il, un peu agacé.

– Elle est au courant en ce qui vous concerne, Liam et vous.

La réaction du docteur fut aussi violente qu'inattendue.

– Que le diable l'emporte! rugit Kevin Duncan.

Nerys le regardait, bouche bée. Elle s'apprêtait à lui expliquer que la fermière n'avait trahi aucun secret compromettant, mais il ne lui laissa pas le temps d'ouvrir la bouche.

– J'imagine ce qu'elle a dû vous raconter!

Et il enchaîna rudement :

– Le vieux McCutcheon a travaillé chez mon père pendant des années et il est comme sa satanée fille; c'est une vraie pie. Alors maintenant vous n'ignorez plus pourquoi Liam me déteste. Je le comprends. Pas vous?

– Je... je ne sais pas, avoua précipitamment la jeune fille qui sentit peser sur elle le regard noir de fureur de son compagnon.

Il était clair qu'il avait mal interprété sa réponse et était persuadé qu'elle était au courant des faits que Nora Kelly était censée lui avoir révélés.

– Vous ne savez pas? explosa-t-il.

Nerys baissa piteusement le nez.

– Maintenant que vous connaissez l'affaire, vous n'allez pas prétendre que vous ne partagez pas le point de vue de Liam? Pauvre Liam! s'exclama-t-il avec force.

Cela sonnait comme un reproche et Nerys se demanda ce qu'elle avait bien pu dire pour susciter cette réaction. Elle déglutit péniblement.

– Elle avait l'air convaincue que j'étais informée de tout, aussi ne m'a-t-elle pas appris grand-chose, en vérité.

Mais cette fois encore il se méprit et partit d'un violent éclat de rire.

– Pauvre Nerys, compatit ironiquement son chauffeur. Je suppose que vous êtes perdue dans ce fatras de demi-vérités. Vous ne savez plus de quel côté vous êtes, c'est cela?

– Je n'ai pas à prendre parti pour qui que ce soit, jeta-t-elle sèchement.

Elle sentait qu'elle allait découvrir quelque chose de capital et cherchait à reculer une échéance qui ne pourrait avoir que des conséquences pénibles pour tout le monde.

– Il y a longtemps que l'on aurait dû vous prévenir, soupira son compagnon, Je ne comprends pas pourquoi Sean ou Liam ne vous ont pas mise au courant. Surtout si l'on songe à ce qui se prépare. Après tout, si vous devez épouser mon demi-frère, il est normal et juste que vous sachiez qui il est.

9

Cette révélation produisit sur Nerys l'effet d'une bombe. Ainsi, Liam et Kevin Duncan étaient demi-frères. Cela lui semblait incroyable mais il lui fallait pourtant l'admettre. Kevin n'aurait jamais menti sur un sujet aussi grave. Peut-être étaient-ce les caractères diamétralement opposés des deux intéressés qui enlevaient de la crédibilité à cette nouvelle. Elle s'était bien gardée d'exprimer sa stupeur devant Kevin car celui-ci semblait penser qu'elle était au courant et sur le moment, elle n'avait pas cherché à le détromper.

Un sentiment de malaise l'habitait depuis et elle se demandait s'il ne serait pas judicieux d'aborder ce sujet avec son oncle ou avec Liam. S'ils avaient voulu qu'elle soit informée, ils s'en seraient chargés eux-mêmes. Leur silence la blessa.

Elle était décidée à parler avec Sean Brady des projets qu'il avait formés pour Liam et pour elle. Comment s'y prendrait-elle pour que rien ne transparaisse de la répugnance qu'ils lui inspiraient? Dire qu'elle se sentait atteinte dans sa fierté, c'était bien faible. En fait, lorsque Liam lui avait appris pourquoi son oncle l'avait fait venir à Croxley, elle avait été profondément bouleversée. C'était donc tout ce qu'il voyait en elle? Un moyen de perpétuer l'avenir de la famille, d'assurer la continuité de sa race... Parviendrait-elle à maîtriser l'indignation et la honte que lui causait ce plan? Il le faudrait pourtant, si elle voulait avoir avec Sean Brady une conversation claire à ce sujet.

— Je serai ravi que tu me tiennes un peu compagnie. Je te vois si peu, assura le maître de Croxley lorsqu'elle lui fit part de son désir de s'entretenir avec lui.

— A qui la faute, mon oncle? Vous êtes toujours le premier à insister pour que je parte en promenade.

— Bien sûr, mon enfant, fit-il en lui tapotant la joue. Quand on est jeune, il faut en profiter. La jeunesse n'a qu'un temps.

Une grimace humoristique vint ponctuer ce cliché éculé.

— Je... je voulais vous parler, bredouilla Nerys.

Elle se demandait avec épouvante si les mots n'allaient pas lui manquer. Liam avait-il rapporté à Sean Brady sa demande en mariage? C'était vraisemblable et cela ne facilitait pas sa démarche. Elle se raidit en pensant à la façon dont son oncle avait tout manigancé. Quels étaient donc les traits indispensables à un éleveur de chevaux selon Liam? L'instinct et la patience. C'étaient ces qualités que Sean Brady avait mises en œuvre, en hippologue avisé, pour assurer, grâce à une union judicieuse, la pérennité de sa race. Nerys tremblait d'horreur en pensant au cynisme dont il avait fait preuve pour ourdir cette ignoble et dégradante machination. « Et pourtant, songeait-elle, éperdue, mon oncle est aussi un homme réellement bon et chaleureux et il nous aime profondément, Liam et moi. »

Les mains sans forces du malade étreignirent faiblement celles de la jeune fille. Nerys, prise de panique, ne savait par où commencer.

— Liam t'a demandé de l'épouser?

Elle ne put réprimer un haut-le-corps de stupéfaction.

— Je savais que c'était dans ses intentions, mon petit. Tu as accepté, j'espère.

– Je n'ai encore dit ni oui, ni non, oncle Sean.

Nerys regardait obstinément le bout de ses escarpins.

– Je pensais que tu lui aurais donné une réponse positive.

Il l'obligea à relever la tête.

– Tu ne le détestes pas, n'est-ce pas?

– Non, avoua Nerys. Mais je ne suis pas sûre de l'aimer. Quant à lui, je sais pertinemment qu'il n'est pas amoureux de moi.

– Il te l'a dit? jeta l'homme affaibli avec un agacement certain.

La jeune fille croisa fermement son regard.

– Liam est honnête, mon oncle, fit-elle non sans une pointe de défi.

C'était une façon comme une autre de lui reprocher sa conduite.

– Il m'a demandée en mariage pour... pour vous faire plaisir, c'est tout.

Sean Brady hocha tristement la tête.

– Toujours tes idées romantiques, mon enfant! Ne sais-tu pas que l'amour vient en se côtoyant, jour après jour? Liam t'aimera, j'en suis sûr, tout comme je suis prêt à répondre de sa fidélité lorsque vous aurez convolé en justes noces.

– J'ai de l'estime pour lui, concéda patiemment Nerys. Mais imaginez que je l'épouse sans passion et que je tombe ensuite éperdument amoureuse d'un autre, que se passera-t-il alors, mon oncle? Vous y avez songé?

Les prunelles délavées se tournèrent vers elle.

– Y a-t-il quelqu'un d'autre dans ton cœur, Nerys? questionna-t-il d'un ton étrangement uni.

– Non, pas encore, pas pour l'instant. Mais mes sentiments pour Liam sont trop flous pour que je puisse me décider rapidement. Il faut me laisser le temps de la réflexion.

– Soit, réfléchis, ma chérie.

Les mains moites pressèrent ses doigts avec insistance.

– Mais réfléchis vite. Il me reste si peu de temps à vivre...

– Oncle Sean, si je la prends à la légère, c'est une décision que je risque de regretter toute ma vie et Liam aussi.

– Mais Liam veut faire de toi son épouse, mon enfant. Interroge-le. Tu verras que je n'ai pas cherché à faire pression sur lui.

Un profond soupir s'échappa des lèvres de la jeune fille.

– Vous savez bien qu'il est prêt à tout pour s'acquitter de la dette qu'il a contractée envers vous. Il vous aime tellement... Mille fois plus qu'un enfant légitime qui trouverait parfaitement normaux l'affection et les soins dont vous l'avez entouré pendant ces dix-sept longues années.

– Ta perspicacité m'enchante autant qu'elle me désole, mon enfant, confessa le malade avec tristesse.

– Peut-être parce que je ne suis plus une enfant, précisément, hasarda Nerys en raffermissant sa voix.

– C'est vrai, tu es une jeune femme dotée, qui plus est, d'une forte personnalité.

Sean Brady grimaça un pâle sourire.

– D'après Kevin, tu es remplie de contradictions.

Nerys devint cramoisie. De quoi se mêlait donc cet insupportable docteur?

– L'opinion qu'il a de moi m'est indifférente, observa-t-elle sèchement.

Le nom du médecin lui rappela soudain qu'elle avait des éclaircissements à demander à son oncle, à son sujet justement.

– Oncle Sean, lança-t-elle soudain en tripotant nerveusement l'ourlet de sa jupe. Il y a autre chose. C'est au sujet de Kevin et de Liam.

Elle sentit que le malade se raidissait imperceptiblement.

— Qui t'a parlé de cela?

— Nora Kelly, d'abord. Je m'étais aventurée un peu trop loin ce matin en me promenant. Elle m'a aperçue et m'a invitée à entrer chez elle un instant. Nous avons bavardé, vous savez ce que c'est...

— Avec Nora, je ne le sais que trop, en effet, riposta-t-il avec rudesse.

— Nous avons procédé à une sorte de tour d'horizon et nous en sommes venues à discuter de Liam et du docteur. C'est alors qu'elle a mentionné le différend qui les oppose. Et puis, persuadée que cette histoire n'avait pas de secrets pour moi, elle s'est excusée de m'avoir importunée avec ses bavardages sans intérêt.

— Et ensuite?

Les syllabes claquèrent, péremptoires.

— Kevin passait, il m'a raccompagnée dans son carrosse. Ma curiosité avait été piquée au vif, je mourais d'envie de savoir pourquoi Liam le haïssait à ce point, alors je... j'ai réussi à lui extorquer quelques détails supplémentaires.

— Kevin a parlé?

Nerys hocha la tête d'un air penaud.

— Et que t'a-t-il dit au juste?

Horriblement mal à l'aise, la jeune fille fixait le papier à fleurs dont étaient tendus les murs de la bibliothèque.

— Pas grand-chose, en fait; simplement que Liam était son demi-frère. Si je ne lui avais pas laissé entendre que Mme Kelly m'avait révélé ce secret, il n'aurait jamais abordé le sujet avec moi. C'est sa faute aussi, ajouta précipitamment Nerys, désireuse de se disculper, il ne m'a même pas laissé le temps d'ouvrir la bouche.

— Je vois, remarqua sobrement Sean Brady, l'air abattu. Je vais tout te raconter. Je crois que cela vaudra mieux.

— Alors, interrogea-t-elle avidement, Liam est donc bien le demi-frère du docteur Duncan?

– Seule la mère de Liam était gitane, commença le malade d'une voix sans timbre. Elle appartenait à une troupe de saltimbanques qui se produisait chaque année au village pendant la Foire. James Duncan, qui était marié à l'époque et père d'un petit garçon, s'en amouracha comme un collégien. Il faut dire que Moira Rogan était un beau brin de fille avec ses yeux de braise et sa chevelure de jais, et aguichante avec ça... Bref, toujours est-il que lorsque les forains revinrent l'année suivante, la belle Moira était accompagnée d'un mari et d'un bébé dont elle clamait bien haut qu'il était le fils de James.

Devançant la question de sa nièce, Sean Brady enchaîna :

– Aussi étrange que cela puisse te paraître, je n'ai jamais douté de la véracité de ses dires.

– Vous... vous l'avez rencontrée? risqua timidement Nerys.

– Oui. James Duncan et moi étions très liés à l'époque. Le hasard a voulu que je me trouve chez lui le jour où cette femme est apparue devant lui, son enfant dans les bras. Il n'avait certes rien d'un gitan, avec ses yeux gris fumée et sa peau blanche. James ne chercha d'ailleurs pas à nier qu'il pût en être le père. Simplement, il déclara que puisque Moira était désormais nantie d'un époux, c'était à ce dernier qu'il incombait de veiller sur la mère et sur le petit.

– Quel monstre d'égoïsme! s'écria violemment Nerys, qui ajouta : Pardonnez-moi, mon oncle, de critiquer ainsi un de vos amis.

– Ex-ami, souligna Sean Brady, car voilà dix-sept ans que nous sommes brouillés, précisa-t-il avant de reprendre le fil de son récit. Le mari avait tout d'une brute alors j'ai supplié James de se charger du bébé.

– Et il a refusé?

– Farouchement même, renchérit Sean Brady dont les pommettes virèrent au lie-de-vin à ce souvenir. La troupe quitta le village. Ce n'est que dix ans plus tard que Moira reparut avec son fils. Cette fois, elle informa le père légitime que s'il ne voulait pas s'occuper du garçonnet, elle serait contrainte de le confier à l'assistance publique qui le placerait dans un quelconque orphelinat du Comté de Tron où elle l'abandonnerait en repartant.

— Pauvre petit! s'écria Nerys bouleversée.

— Comme James persistait dans son refus, j'ai décidé d'intervenir. J'avais toujours rêvé de fonder une grande famille, ajouta-t-il avec un sourire d'excuse, or Mary et moi n'avions jamais eu d'enfant, alors j'ai pris le petit sous mon toit en attendant que la situation se décante. Liam était un garçon assez renfermé, sans doute à cause des mauvais traitements qu'il avait dû subir. Mais lorsqu'un sujet le passionnait, il sortait de sa réserve et s'exprimait avec une pertinence rare. Combien de fois nous sommes-nous querellés avec James à son sujet! J'ai tout tenté pour le faire changer d'avis. En vain. Alors j'ai gardé Liam près de moi en espérant que son père reviendrait sur sa décision. Je voulais que ce petit ait un vrai foyer.

— Et Kevin, s'enquit impulsivement Nerys, il était au courant?

— Il se trouvait en pension quand j'ai conduit Liam chez son père.

Un voile de tristesse passa devant les yeux fatigués.

— Heureusement pour lui, car il a un cœur d'or. Il n'y a que six ans qu'il a appris toute cette affaire. Et vous savez comment il a réagi.

— Euh, oui... opina faiblement Nerys.

— Il exerçait à Traveree où il avait une fort belle clientèle. C'est son père qui lui avait acheté ce cabinet et l'aidait financièrement assez régulièrement. L'avenir s'annonçait bien pour lui, jusqu'au jour où j'ai décidé de plaider une dernière fois la cause de Liam.

Nerys tressaillit imperceptiblement; elle écoutait son oncle avec une attention douloureuse.

– Liam allait avoir vingt et un ans. Je ne l'avais toujours pas adopté officiellement car j'espérais que son père se laisserait enfin fléchir et accepterait de le reconnaître. Ils se ressemblaient tellement physiquement...

Le malade leva les deux mains en un geste d'une lassitude infinie.

– Je l'ai emmené à Dudden House...

– Et M. Duncan a persisté dans son refus? l'interrompit Nerys, le souffle coupé.

– Oui, murmura Sean Brady avec peine. Quand je les ai vus, dressés l'un devant l'autre comme deux coqs en colère, j'ai compris ce que ma démarche avait d'insupportable pour Liam. Dieu sait que mes intentions étaient bonnes, cependant...

– Je n'en doute pas, mon oncle, jeta hâtivement Nerys.

Le débit du malade commençait à se ralentir sous les effets conjugués de l'effort et de l'émotion.

– Kevin assistait à cette scène, poursuivit-il péniblement. Il n'a pas desserré les dents. J'ai senti qu'il était profondément choqué par l'attitude de son père, ce dont Liam ne s'est pas du tout rendu compte. Il était trop jeune à l'époque et il a cru que les deux hommes s'étaient ligués pour lui infliger cette terrible humiliation. Vingt-quatre heures après, Kevin quittait la maison paternelle et abandonnait son cabinet de Traveree en déclarant à James qu'il n'accepterait rien de lui tant qu'il n'aurait pas reconnu Liam. Il a tenu parole. Car il est aussi têtu que son père.

– Mais, de son côté, Liam ignorerait-il pourquoi le docteur Duncan a renoncé à une carrière si prometteuse? ne put s'empêcher de demander Nerys.

Sean Brady hocha tristement la tête.

– Absolument pas. Mais, paradoxalement, cela n'a fait qu'aviver son ressentiment à l'égard de celui-ci. C'est un peu ce qui m'a décidé à louer le cottage à Kevin. Je pensais que ce rapprochement géographique en entraînerait un autre, que je souhaitais ardemment. Il semble que mes talents de conciliateur n'aient servi à rien, conclut le malade avec un semblant de sourire.

— Croyez-vous que je... je pourrais tenter quelque chose? proposa impulsivement la jeune fille.

— Qui sait, murmura pensivement Sean Brady. En épousant Liam, tu lui redonnerais confiance en lui. Le rejet dont il a été l'objet lui a fait tant de mal...

— Mais vous ne l'avez pas abandonné, vous, souligna vivement Nerys qui eut soudain l'impression qu'un piège se refermait sur elle.

— Ce n'est pas la même chose. Bientôt, je ne serai plus là, et c'est de toi qu'il aura besoin

Nerys esquissa une moue dubitative. Elle connaissait l'obstination de son oncle et elle savait qu'il ne renoncerait pas facilement aux projets qu'il avait formés pour Liam et pour elle.

Le lendemain matin, un soleil inattendu effilocha les derniers lambeaux de brume qui flottaient encore dans l'atmosphère. Nerys se sentit légère tout à coup. Pourquoi ne pas aller faire un tour au village? On ne restait pas dans sa chambre à se morfondre par un temps pareil.

Le cottage du docteur Duncan semblait désert. Le médecin devait être parti faire ses visites. Bien décidée à chasser tout sujet de préoccupation de son esprit, elle avançait d'un pas élastique en fredonnant allègrement. A cette allure, elle atteignit rapidement Killydudden. Elle s'engageait dans la rue principale lorsqu'elle s'entendit héler au passage. Debout sur le pas de sa porte, Mme McCarthy lui adressait un sourire radieux.

— Bonjour, lança Nerys. Le bébé va bien?

— A merveille, Miss Brady, merci. Vous voulez entrer le voir? risqua timidement la mère comme si elle s'attendait à un refus poli mais ferme.

– Avec joie, rétorqua la jeune fille d'une voix vibrante de sympathie. Mais, vous êtes sûre que je ne vous dérange pas? Vous devez être si occupée...

– Pensez-vous! Le ménage est vite fait chez moi, s'exclama gaiement Mme McCarthy. Les enfants, ce qu'il leur faut, c'est une nourriture saine. Ils se moquent bien de l'état du parquet. De toute façon, je me demande comment j'arriverais à le faire briller avec toutes ces allées et venues. Soyez indulgente, il y a du désordre.

Il n'y avait pas d'entrée. On pénétrait directement dans la salle de séjour dont les trois fenêtres donnaient sur la rue. Un fouillis chaleureux régnait dans la pièce par ailleurs fort bien entretenue, contrairement à ce qu'avait laissé entendre la maîtresse de maison. Trois petits garçons vêtus avec soin tournèrent vers l'arrivante leurs regards expressifs.

Le berceau en osier occupait tout un coin de la pièce. Aux montants du lit, on avait accroché pêle-mêle un chapelet, des médailles et des images pieuses. Nerys s'approcha. Deux yeux immenses, bleus et graves, se posèrent sur elle et elle sourit. Le minuscule être rougeaud et tout ridé dont le premier cri l'avait émue aux larmes s'était métamorphosé en un petit bout d'homme potelé.

– Comme il a poussé! s'exclama-t-elle avec ravissement.

– N'est-ce pas? renchérit la maman en se rengorgeant. Il a un appétit dévorant.

Elle débarrassa prestement un vieux fauteuil du fatras de vêtements qui l'encombrait et invita la jeune fille à s'asseoir.

– Je vais mettre de l'eau à chauffer, annonça-t-elle rituellement.

Le tressaillement imperceptible de Nerys déclencha une hilarité pleine de bonhomie.

– Rassurez-vous, mon thé est tout à fait buvable. Rien à voir avec celui de Binty Monahan.

La jeune fille eut un rire contraint.

– Dans ce cas, j'en prendrai volontiers, merci.

Elle se pencha de nouveau au-dessus du moïse.

– Je peux le prendre dans mes bras? risqua-t-elle timidement.

Ravie de l'intérêt que suscitait sa progéniture, Mme McCarthy s'empressa de soulever le nourrisson et le tendit à Nerys qui s'en empara gauchement.

– Il adore qu'on le promène. Mais avec les soins à donner aux autres, il ne me reste guère de temps pour le dorloter, lui.

Mme McCarthy se recula légèrement pour mieux admirer son dernier-né qui bavotait comme un bienheureux dans le giron inexpérimenté de la visiteuse.

– Vous feriez une bien jolie maman, observa-t-elle avec conviction.

Nerys émit un toussotement gêné.

– C'est l'avis d'un expert et j'en suis flattée. J'avoue que les bébés m'ont toujours fascinée.

Elle caressa rêveusement la joue ronde et satinée.

– C'est un amour, s'extasia-t-elle enfin. Comment s'appelle-t-il?

– Nous étions un peu à court de prénoms, fit la mère d'un air d'excuse. Pensez donc, c'est notre huitième fils. Le docteur Duncan a été si bon pour lui que nous avons décidé de le baptiser Kevin, comme lui.

– Kevin, répéta Nerys en écho. Bonjour, Kevin.

Les doigts menus s'accrochèrent aux siens et l'œil sérieux, presque sévère, se posa de nouveau sur elle.

– Je m'occupe du thé, lança Mme McCarthy qui se précipita derechef vers la cuisine.

Nerys jouait avec le nouveau-né.

– Petit Kevin, sais-tu que ton regard est aussi profond que celui de ton homonyme? Quelles graves pensées dissimules-tu donc dans ta tête? Kevin, roucoula Nerys, cesse de me dévisager comme cela, tu vas finir par m'impressionner.

Un atroce crissement de pneus vint interrompre ce tendre duo. Le timbre de la porte égrena ses deux notes musicales, des pas retentirent et le docteur Duncan fit son apparition.

Une vive surprise se peignit sur son visage quand il aperçut la jeune fille, confortablement installée, le bébé dans les bras.

— Eh bien! Du diable si je m'attendais à vous trouver ici, lança-t-il, goguenard, en se frottant le menton d'un air songeur.

— Docteur Duncan, c'est vous? glapit Mme McCarthy du fond de la cuisine.

— Oui, madame McCarthy.

— J'arrive, trompeta la maîtresse des lieux. J'en ai pour une minute. La bouilloire ne va pas tarder à chanter. Vous prendrez bien une tasse de thé avec nous?

— Merci non, je ne vais pas m'attarder. J'étais simplement passé prendre des nouvelles de mon homonyme. Il se porte comme un charme, on dirait.

Des gloussements sonores ponctuèrent cette constatation.

— Mes enfants ne savent pas ce que c'est que d'être malade, docteur. Grâce à Dieu!

— Je sais, je sais, convint hâtivement le médecin.

Les yeux vifs et malicieux se tournèrent vers Nerys.

— Comment le trouvez-vous, notre jeune Kevin?

— Il a tellement grandi en six semaines qu'il est méconnaissable. Il est superbe, murmura doucement la jeune fille.

— C'est vrai qu'il n'a plus sa tête de vieillard rabougri, s'exclama le docteur Duncan qui partit d'un grand rire heureux.

Il se percha sur l'accoudoir du vieux fauteuil et se pencha pour examiner le crâne presque glabre, recouvert d'un fin duvet noir. Nerys eut un imperceptible mouvement de recul, aussi esquissa-t-il un début de retraite, non sans l'avoir gratifiée d'un sourire entendu.

– Voilà un jeune homme qui me paraît en excellente santé, déclara-t-il doctement.

– Vous n'êtes pas fier qu'on lui ait donné votre prénom? risqua Nerys pour faire diversion.

– Fier? Je l'ignore, chuchota-t-il en aparté. Ce que je sais simplement, c'est que sa pauvre maman a été rudement soulagée quand j'ai accepté. Elle qui avait déjà épuisé presque toutes les ressources du calendrier...

– Elle aurait pu choisir plus mal, observa étourdiment Nerys. C'est un beau nom.

– Est-ce pour cela que vous le prononcez si rarement? s'enquit-il à voix très basse.

– Je... je ne sais pas, bafouilla Nerys en perdant contenance. Je préfère vous appeler docteur.

Son interlocuteur partit d'un vibrant éclat de rire.

– On a beau être médecin, on n'en est pas moins homme, bouffonna-t-il en parodiant un vers célèbre.

Piquée au vif, la jeune fille inclina la tête et se replongea dans la contemplation du faciès placide du nouveau-né.

– Pourquoi faut-il que mes moindres paroles déchaînent votre hilarité? se lamenta-t-elle avec une moue chagrine. Vous aviez très bien compris ce que je voulais dire, docteur Duncan.

– Kevin, corrigea-t-il.

Mais elle garda le silence, le menton obstinément baissé.

Il admira un moment le tableau délicieux que formaient Nerys et le bébé et remarqua d'un ton pénétré et totalement dénué de raillerie :

– Vous savez que vous feriez une ravissante maman?

Le retour de Mme McCarthy la tira d'embarras.

– Je vais recoucher Kevin, comme cela nous pourrons boire tranquillement notre thé.

– Ne bougez pas, coupa le médecin. Je m'en charge.

Joignant le geste à la parole, il s'empara du petit et le tint un instant à bout de bras.

— Tu es un solide gaillard, comme tes frères.

— Dieu soit loué! ajouta aussitôt Mme McCarthy entre deux gorgées de thé.

— Eh bien, je vais prendre congé. Kevin était ma dernière visite pour aujourd'hui, lança le médecin avec un soupir de satisfaction.

— Vous rentrez au domaine? s'enquit précipitamment la maîtresse de céans avec un mouvement de menton discret mais expressif en direction de Nerys.

— Mais oui. Je peux vous raccompagner, Miss Brady?

— Excellente idée! rugit avec enthousiasme la bonne Mme McCarthy comme si l'idée venait juste de l'effleurer. Profitez donc de la voiture, Miss Brady. Cela vous évitera de grimper la côte à pied.

— Merci, laissa tomber Nerys du bout des lèvres avec un air fort peu gracieux.

Le docteur Duncan eut une petite inclinaison du buste et un sourire ironique étira son visage anguleux.

— Je vous en prie, Miss Brady. C'est tout naturel, susurra-t-il avec une galanterie narquoise.

Agacée par ces simagrées, la jeune fille décida de prendre son temps pour déguster le breuvage brûlant et se mit à échanger des banalités avec son aimable hôtesse. Lorsque sa tasse fut vide, elle se leva pour prendre congé, du nourrisson d'abord, puis de sa maman qu'elle remercia avec effusion pour son hospitalité. Mme McCarthy qui n'y entendait pas malice raccompagna ses invités jusqu'à la voiture. Et lorsqu'ils démarrèrent, elle leur adressa de grands signes, dignes d'une matrone bénisseuse.

— Quelle femme charmante, cette Mme McCarthy, jeta soudain Nerys, troublée par le silence pesant.

— C'est bien vrai, renchérit son chauffeur. De toutes les filles McCutcheon, c'est elle que je préfère. Elle ne perd pas son temps en bavardages inutiles.

— Elle doit avoir autre chose à faire avec sa ribambelle d'enfants. Huit garçons et quatre filles...

– Attendez-vous à ce que la cinquième, si cinquième il y a, soit baptisée Nerys. Il m'a semblé que Mme McCarthy vous tenait en grande estime. Au fait, d'où provient ce prénom original?

– C'est gallois, expliqua-t-elle brièvement.

– C'est joli, commenta-t-il d'un ton uni.

– Ce que j'aime chez Mme McCarthy, c'est qu'elle n'est pas du tout cancanière, enchaîna hâtivement Nerys, désireuse de rendre à la conversation un tour plus général.

– Ah! Les cancans... soupira son compagnon en lui jetant un regard plein de sympathie.

Et il ajouta non sans une certaine gêne :

– Les révélations de Nora Kelly ne vous ont pas trop traumatisée hier? Au sujet de Liam...

– Oh! bredouilla Nerys. Ce n'est pas par elle que j'ai appris tout cela. C'est par vous.

– Comment? explosa le docteur qui donna un brusque coup de volant.

Il prit le temps de digérer la nouvelle et fulmina de nouveau :

– Vous voulez me faire croire ça?

– C'est la stricte vérité, assura Nerys que l'air ébahi de son chauffeur dérida. J'ai essayé de vous expliquer que je ne savais rien mais vous n'avez pas voulu m'écouter.

– Il fallait m'empêcher de parler!

– C'est facile à dire! Vous me coupez sans cesse la parole.

– Touché! railla-t-il. Désormais, je jure solennellement de ne plus vous interrompre.

Nerys ne put réprimer un sourire devant son air faussement contrit.

– Que savez-vous au juste de cette histoire?

– Presque tout maintenant. J'ai eu un long entretien avec mon oncle ce matin.

– Je vois. Et que ressentez-vous pour Liam?

Les sourcils au tracé délicat se crispèrent.

– C'est difficile à définir. Je comprends à quel point il a dû se sentir humilié. Mais ce que je n'arrive pas à admettre, c'est le ressentiment haineux que vous lui inspirez.

Une lueur de tristesse traversa les yeux bleus.

– J'assistais à cette entrevue tragique, c'est déjà un motif suffisant. Mais ce que Liam n'oubliera jamais, c'est que je ne sois pas intervenu pour prendre sa défense. J'aurais peut-être dû, mais...

– Vous étiez sous le choc de la découverte, déclara impulsivement Nerys.

– C'est exact. J'étais bouleversé. Je vous remercie de l'avoir compris. Toutefois, je n'arrive pas à blâmer entièrement mon père. C'est un homme fier et obstiné. En notre présence, une telle volte-face était impossible. Tout comme elle est inconcevable pour Liam, encore maintenant.

– J'ai promis à mon oncle d'essayer de vous rapprocher, Liam et vous, balbutia la jeune fille d'une voix altérée.

Il tourna vers elle un sourcil interrogateur.

– Votre influence sur lui est donc si grande?

Cette phrase contenait un monde de sous-entendus et Nerys rougit comme une pivoine.

– Je l'espère.

A l'entrée du domaine, il bifurqua et s'engagea dans la grande allée. Cédant aux instances de sa passagère, il stoppa devant le petit cottage et descendit pour lui ouvrir la portière. Il conserva dans la sienne la main de Nerys et lui jeta un coup d'œil perçant.

– Vous avez peur que Liam nous voie ensemble? C'est pour cela que vous m'avez demandé de vous déposer ici?

– Absolument pas, protesta Nerys dont les joues s'empourprèrent.

– Vous allez l'épouser, n'est-ce pas?

Il accentua sa pression sur les doigts fuselés qu'il retenait prisonniers entre les siens.

— Je... je ne sais pas encore, bafouilla-t-elle faiblement.

De quel droit osait-il la questionner ainsi?

— Vous savez pourquoi votre oncle tient tellement à ce mariage? lança-t-il d'un ton mordant.

— Oui, mais je m'étonne qu'il vous ait mis dans la confidence.

Kevin Duncan grimaça un sourire sans joie.

— On confie beaucoup de choses à son médecin, lâcha-t-il rudement.

— Et vous... vous l'approuvez? s'entendit demander la jeune fille, stupéfaite. Vous croyez que je dois dire oui à Liam?

— Pour la raison qu'invoque Sean Brady? Certainement pas! rugit-il, léonin. C'est à vous qu'il appartient de prendre une décision, non?

— En effet, murmura Nerys, profondément bouleversée. Ils attendent ma réponse avec impatience.

La tension que suscitait chez les deux hommes l'attente de sa réponse engendrait chez Nerys un malaise croissant. Il lui fallait se décider et vite.

Liam dont l'attitude constituait une énigme pour la jeune fille semblait plus angoissé que pressé de connaître sa résolution. Elle avait trouvé une ébauche de solution satisfaisante pour elle, mais le jeune homme s'en arrangerait-il? Elle devait lui exposer son plan sans plus tarder.

Ils se dirigeaient vers les écuries quand Liam s'avisa de manifester son étonnement.

— Vous êtes bien silencieuse, remarqua-t-il soudain.

Le ton faussement enjoué laissait entendre qu'il devinait le sujet de ses préoccupations.

— Je réfléchis, rétorqua simplement Nerys.

— Avez-vous pris une décision? hasarda Liam d'une voix altérée.

— En un sens, oui.

— Je ne comprends pas.

Nerys hésita, déglutit péniblement, se lança enfin.

— J'ai pensé que nous pourrions peut-être nous... fiancer.

Le silence qui accueillit cette déclaration accrut encore son embarras.

– Autrement dit, vous voulez que nous dupions votre oncle, jeta-t-il, glacial.

Nerys frissonna et poursuivit :

– Je vous en prie, Liam, ne me prêtez pas des intentions que je n'ai pas. J'essaie seulement de résoudre un problème épineux.

– Excusez-moi, persifla-t-il avec aigreur. C'est tout ce que vous avez trouvé? On se fiance et on attend qu'il... ne soit plus de ce monde pour rompre. Belle façon de respecter sa parole, en vérité.

Cinglée par ce mépris, Nerys tressaillit mais contre-attaqua courageusement :

– Vous ne pensez pas que cette solution le satisferait?

– Vous le sous-estimez. Il aurait tôt fait de s'apercevoir de notre duplicité. Cela ne marcherait pas.

– Pourquoi ne pas tenter notre chance?

La voix de Nerys se fit suppliante.

– Ce serait moins radical qu'un mariage!

Les yeux gris la tenaient en joue.

– Vous refusez de vous engager d'une manière nette et définitive avec moi, c'est cela?

– Liam! Cessez de m'attribuer des propos que je n'ai pas tenus.

– Il ne s'agit pas de cela, riposta-t-il âprement. J'essaie de comprendre ce qui se passe dans votre tête.

– Mieux vaudrait renoncer. Je n'en sais rien moi-même.

Nerys se mordillait la lèvre, exaspérée.

– Tout n'est que confusion dans mon esprit, à dire vrai. Je ne sais plus du tout où j'en suis et votre attitude ne m'aide pas à y voir clair. Au contraire.

Liam se tourna brusquement vers elle, il l'attira contre lui et l'embrassa avec rage et détermination. Prise d'une panique sans nom, Nerys se débattait pour échapper à son étreinte brutale.

— Et maintenant, mumura-t-il d'une voix rauque, allez-vous consentir à m'épouser, oui ou non?

— Liam! Lâchez-moi! hurla Nerys avec l'énergie du désespoir.

Il la relâcha aussi soudainement qu'il l'avait saisie. Nerys, encore toute tremblante, n'osait lever les yeux. Un silence pesant s'établit que vint rompre le rire grinçant du jeune homme.

— Un fils de bohémienne, c'est tout ce que je suis pour vous, n'est-ce pas, Nerys?

Les yeux gris s'étrécirent, se posèrent sur elle avec amertume.

— Vous ne répondez pas, donc j'ai vu juste. Je ne suis qu'un gitan pour vous, un être hybride et méprisable, c'est bien cela?

— Non! s'écria Nerys avec emportement.

Elle avait suffisamment retrouvé son sang-froid pour le regarder bien en face.

— Pour moi, vous êtes le fils de mon oncle. Je connais la force de vos sentiments à son égard et je sais que vous êtes prêt à lui obéir en tout. Pardonnez-moi si l'affection que je lui porte ne suffit pas à me mettre dans les mêmes dispositions.

Ce discours mesuré eut l'effet voulu sur Liam qui prit un air penaud.

— Il faut me pardonner, Nerys. C'est vrai que je ferais tout pour que père soit heureux. Je comprends qu'il n'en aille pas de même pour vous.

— Je suis désolée, Liam.

Elle le contemplait avec une compassion émue. Comme il devait souffrir à la pensée de décevoir son père adoptif en ce moment suprême!

— Ne vous excusez pas, Nerys. Jamais nous n'aurions dû vous placer devant cette alternative.

— Mais... risqua-t-elle timidement, bouleversée, ne vau-drait-il pas mieux laisser à oncle Sean la satisfaction de penser qu'il est parvenu à ses fins plutôt que de lui avouer la vérité?

Liam eut l'air songeur tout à coup, il pesait la pertinence de cette proposition.

– Lui dire que nous avons décidé de nous fiancer?

Nerys opina doucement; l'espoir de dénouer cette situation inextricable lui revenait.

– Il lui reste si peu de temps à vivre, murmura-t-elle précautionneusement. Quelques mois tout au plus, d'après le docteur Duncan. Et oncle Sean est au courant de la gravité de son état.

– Ducan n'est pas omniscient, il se trompe peut-être.

Un voile de tristesse passa devant les yeux gris. Nerys, très émue, ne savait comment lui témoigner sa sympathie. Il avait l'air si fort et en même temps si vulnérable...

– Liam! s'exclama-t-elle d'une voix sourde.

Se serrant contre elle, il enfouit son visage dans la chevelure soyeuse, comme un enfant va chercher le réconfort dans le giron maternel. Nerys n'essaya pas de l'écarter cette fois. De grosses larmes dévalaient le long de ses joues satinées.

Le soir même après dîner, Liam annonça la nouvelle à Sean Brady. Nerys surveillait avec angoisse la réaction de son oncle, mais son sourire comblé la rassura pleinement. Il prit entre les siens les doigts effilés de sa nièce.

– Nerys, mon petit, rien ne pouvait me causer plus de joie!

Elle était assise en tailleur près de lui comme à l'accoutumée et leva vers le malade un regard teinté de gêne.

– Vous m'en voyez ravie, oncle Sean.

La formule guindée ne souleva aucun commentaire car Sean Brady, tout au bonheur de voir se réaliser son vœu le plus cher, n'en remarqua pas la sécheresse.

– Nous allons prévenir le Père Kerry et prendre les dispositions nécessaires pour la cérémonie.

136

Bouche bée, Nerys se tourna vivement vers Liam qui prit aussitôt la situation en main.

— Rien ne presse, père. Nerys veut se marier au printemps.

Un soupir de soulagement s'échappa discrètement des lèvres de la jeune fille. Mais les sourcils de son oncle se crispèrent sous l'effet de la contrariété.

— Pourquoi si tard? jeta-t-il avec impatience.

— Je vais vous expliquer, oncle Sean, intervint précipitamment Nerys.

Alarmé, Liam releva brusquement la tête, mais d'un geste rassurant et imperceptible elle lui intima l'ordre de se taire.

— Conformément à vos désirs, j'ai accepté d'épouser Liam. Vous ne m'avez pas laissé le choix de cette union, laissez-moi au moins celui de la date.

Sec et cassant, le ton sur lequel Nerys avait prononcé ces paroles trahissait une peur sourde. En effet, Liam ne venait-il pas de fixer une saison pour la célébration de leurs noces supposées? Cela avait suffi à raviver sa terreur qu'il ne revînt sur leur décision de recourir à des manœuvres dilatoires.

— Pardonne-moi, mon enfant.

Une main sans consistance, presque fluide, effleura l'épaule de Nerys. Sean Brady grimaça un faible sourire d'excuse.

— Je ne suis qu'un vieil égoïste, soupira-t-il en se tassant dans son fauteuil.

Les traits horriblement tirés disaient assez les ravages que causait la sournoise maladie.

— Je vais me reposer maintenant, soliloqua-t-il avec effort. Tout ira bien.

Nerys partit seule en promenade avec Ben le lendemain. L'absence de Liam, retenu par une affaire urgente, allait lui permettre de réfléchir, et Dieu sait si elle en avait besoin.

Elle s'était emmitouflée dans des vêtements douillets pour affronter le ciel bas et menaçant. Ses oreilles attentives aplaties par un vent d'est glacial, Ben avait adopté un galop ample et élastique.

Nerys sentait encore peser sur elle le regard étrangement hostile de Cormac et ne s'expliquait pas ce brusque changement d'attitude. Elle ne se doutait pas que l'annonce de ses fiançailles pût y être pour quelque chose.

Elle galopa jusqu'à la butte et prit à droite. Le bai ralentit l'allure. Le lit de la rivière était plus étroit à cet endroit et une succession de grosses pierres plates permettait de le traverser. Gonflées par les pluies récentes, les eaux turbulentes recouvraient presque entièrement cette chaussée naturelle.

Plusieurs fois déjà, Nerys avait eu envie de franchir ce gué. Elle décida que le moment était venu de mettre son projet à exécution. L'entreprise était hasardeuse, mais dans l'état d'esprit où elle se trouvait, l'idée d'affronter le danger était loin de lui déplaire. Sautant à bas de sa monture, elle foula l'herbe détrempée et s'approcha du bord. Le rocher paraissait plus difficile à atteindre qu'elle ne l'avait cru, mais cela n'affaiblit en rien sa détermination. Elle serra les dents, s'élança et retomba sur la première pierre.

Un léger bruit métallique accompagna son saut et la voix familière du docteur Ducan retentit.

— Nerys!

Ventre à terre, le cheval noir couvrit les quelques mètres qui le séparaient de la rive.

— Vous n'êtes pas assez stupide pour vous amuser à ce petit jeu!

La jeune fille eut un haussement d'épaules courroucé. Maintenant qu'elle avait un témoin, elle se devait de poursuivre sa traversée périlleuse. Son amour-propre était en cause.

— Je ne vois pas à quoi vous faites allusion, rétorqua-t-elle avec froideur, et je vous interdis de me traiter d'écervelée.

— Eh bien, pour me prouver que vous ne l'êtes pas, faites demi-tour.

Le menton fièrement pointé dans sa direction, elle le considéra avec agacement.

— Ces pierres permettent de passer la rivière à gué, docteur Ducan, et c'est exactement ce que je me propose de faire.

A sa diction, précise jusqu'à l'emphase, on eût dit qu'elle s'adressait à un enfant attardé.

— Un petit bout de femme comme vous? C'est impossible. Soyez raisonnable, Nerys. Regagnez la terre ferme.

Piquée au vif, la jeune fille lui tourna résolument le dos.

— Mêlez-vous de ce qui vous regarde, lança-t-elle, acide.

Elle mesurait d'un œil morne la distance qui la séparait de la deuxième pierre. Cela représentait un assez joli saut au-dessus de la rivière qui roulait ses eaux turbulentes à grand fracas, impatiente de l'accueillir dans son sein liquide et glacé.

— Nerys! hurla de nouveau la voix nette.

Kevin Duncan descendit précipitamment de cheval et bondit, juste au moment où elle atterrissait avec peine sur le rocher suivant.

— Vous voyez! jeta-t-elle, triomphante. Je ne suis pas aussi maladroite que vous le croyez.

Fermement campé sur la première pierre, les mains aux hanches, il la dévisageait, mi-amusé, mi-exaspéré et se mit à égrener un chapelet d'insultes non dénuées d'affection.

— Vous n'êtes qu'une écervelée, une tête de mule, une gamine gâtée et capricieuse. Ne comptez pas sur moi pour aller vous repêcher.

– Parce que vous pensez que je vais tomber? rétorqua crânement l'équilibriste.

Elle s'était retournée d'un geste si brusque pour prononcer dignement sa réplique, qu'elle faillit glisser. Agitant les bras en tous sens comme un sémaphore en folie, elle réussit à se rétablir sur la roche traîtresse.

Un rire moqueur salua ces contorsions.

– A quoi rime cette comédie? On dirait que vous en voulez au monde entier aujourd'hui.

– Je ne vois pas de quoi vous voulez parler, répliqua Nerys en s'époumonant pour couvrir le grondement de la rivière.

Du haut de son perchoir précaire, elle essayait de repérer l'emplacement de la troisième pierre. Elle pestait tout bas et commençait à maudire son obstination. Elle n'atteindrait jamais le rocher suivant. L'idée de faire marche arrière lui faisait aussi peur que celle d'avancer. Nerys sentit son courage l'abandonner. Sur la surface glissante, il y avait si peu de place pour manœuvrer...

– Je fais demi-tour, hurla-t-elle soudain.

Elle avait les jambes molles, ses tempes battaient et les eaux écumantes ricanaient en lui léchant le bout des pieds, prêtes à l'enserrer dans une étreinte mortelle.

– Je suis curieux de voir comment vous comptez procéder, jeta le médecin d'un ton neutre.

– Je n'ai pas le choix.

La gorge nouée, elle esquissa un mouvement précautionneux. Centimètre par centimètre, elle parvint à se déplacer d'un quart de tour sur la roche humide.

– Bravo! s'écria, hilare, le spectateur de cet exploit méritoire.

– Taisez-vous donc! siffla Nerys, furieuse et concentrée.

– Gardez votre calme, ma chère, sinon gare...

– Vous aimeriez me voir tomber, n'est-ce pas? glapit-elle rageusement. Je ne vous ferai pas ce plaisir. Allez-vous-en!

– Pas question. Je ne veux pas rater ça!

Ayant réussi à négocier une volte-face périlleuse, elle s'élança sur la deuxième pierre qu'elle atteignit de justesse. Vue sous cet angle, la distance qui la séparait du bord lui sembla infranchissable.

– Encore une! lui cria-t-on.

– Pour l'amour du ciel, laissez-moi tranquille.

Terrorisée, elle porta une main à sa bouche. Des larmes de pure faiblesse perlaient à ses paupières.

– Allons, Nerys, vous allez y arriver, courage.

– Je... ne peux pas, Kevin, je... j'ai...

– Je vous dis que si. Il le faut. Sautez, Nerys. Un dernier effort.

De la voix, le médecin essayait de la galvaniser. Les yeux pleins d'effroi, elle contemplait les eaux glauques qui bouillonnaient autour d'elle. Elle prit une profonde inspiration, s'élança et manqua de peu son but. Un hurlement de terreur lui échappa. Elle allait partir à la renverse quand des bras vigoureux la happèrent au vol et la hissèrent sur la terre ferme, Nerys frissonnait comme si elle était tombée dans la rivière glacée. Kevin Duncan la tint un long moment serrée contre lui, lui caressant doucement les cheveux. Le cœur de Nerys battait à tout rompre; contre sa joue, le tweed de la veste élimée était rugueux.

– Là, là, psalmodiait une voix grave aux inflexions apaisantes. C'est fini.

Elle resta ainsi plusieurs minutes, à l'abri dans sa chaleur, peu pressée de s'arracher à cette étreinte réconfortante.

– Je... je suis désolée...

Elle leva le menton vers son sauveur.

– N'avais-je pas raison de vous traiter d'écervelée?

Nerys devint cramoisie et tenta de se dégager, mais en vain.

– Désolée de vous avoir privé d'un spectacle réjouissant,

141

fit-elle, les dents serrées, en essayant d'apaiser les battements désordonnés de son cœur.

— Aucune importance, répliqua-t-il d'un ton léger. L'occasion se représentera.

Il partit d'un rire sonore.

— Kevin Duncan, vous êtes l'homme le plus... Lâchez-moi! hurla Nerys en frappant le sol d'un pied impatient.

Comme à regret, il ouvrit les bras.

— Je vais vous prendre en croupe.

— C'est parfaitement inutile. Je ne suis pas invalide. Je peux rentrer seule avec Ben.

— Pauvre Liam, soupira le médecin. Il ne sait pas ce qui l'attend. A propos, permettez-moi de vous présenter tous mes vœux de bonheur. Sean m'a appris la nouvelle ce matin.

D'un bond, il se hissa sur le pur-sang noir.

— Vous ne pouvez pas vous mêler de ce qui vous regarde? fulmina Nerys. Vous êtes insupportable! jeta-t-elle en cravachant derechef sa monture.

Ben n'avait aucune chance de distancer Némésis, mais ce n'était pas une raison pour ne pas essayer.

La cavalcade effrénée lui rendit toutes ses couleurs et son compagnon ne put s'empêcher de lui en faire la remarque lorsqu'ils mirent pied à terre.

— Vous avez retrouvé vos esprits, on dirait, lança-t-il, goguenard.

Nerys ne broncha pas et reconduisit le bai, en sueur et écumant des naseaux, dans son box attitré, sous le regard hostile de Cormac.

Comme les jeunes gens s'engageaient dans l'allée ombragée, Nerys aperçut Sheila Flaherty qui la dévisageait, le visage crayeux, l'œil démesurément agrandi. Elle esquissa un pas dans sa direction mais le médecin l'arrêta d'un geste.

— Non, Nerys, n'y allez pas.

Devant l'inflexion pressante de Kevin, Nerys poursuivit son chemin. Dans l'ignorance où elle était des liens qui unissaient ces deux êtres, elle obéit sans discuter.

Lorsqu'ils furent arrivés au bout de la grande allée, il se tourna vers elle.

— Nerys, pourquoi? se borna-t-il à demander d'une voix empreinte de tristesse.

— Pourquoi, quoi?

— Vous savez pertinemment à quoi je fais allusion.

Sous le regard pénétrant de son compagnon, Nerys se tortillait nerveusement comme une écolière coupable d'une quelconque peccadille.

— Vous comprenez très bien pourquoi j'ai accepté ces fiançailles, fit-elle en s'efforçant d'affermir sa voix.

— Et vous avez vraiment l'intention de l'épouser?

— C'est mon affaire!

Kevin Duncan laissa échapper un soupir d'exaspération. Sans douceur, il empoigna la jeune fille par le bras.

— Ecoutez-moi bien, Miss Nerys Brady. Mon frère a assez souffert comme cela. Si vous êtes en train de lui préparer un tour de votre façon, dites-vous que vous aurez affaire à moi, je vous le garantis. Vous m'entendez? ajouta-t-il en la secouant brutalement.

Saisie par la virulence du ton, Nerys le fixait, les yeux écarquillés.

— Au cas où vous l'ignoreriez, laissez-moi vous signaler que ce ne sont pas des motifs égoïstes qui ont dicté ma conduite. J'obéis à mon oncle. Vous devez vous douter de ce que ce mariage représente pour lui.

— Petite idiote, murmura le médecin non sans tendresse. Espèce de petite idiote.

— Mais Kevin, je...

— Inutile d'essayer de vous justifier. Après tout, cela ne me regarde pas, n'est-ce pas?

D'un geste prompt, il se pencha et gratifia d'un baiser hâtif le front têtu avant de s'éloigner à grandes enjambées, sans lui laissr le temps d'articuler un mot.

143

11

Des grappes de nuages dérivaient mollement dans le ciel automnal et pommelé. Nerys foulait l'humus noirâtre d'une démarche élastique en emplissant ses poumons de l'odeur âcre des feuilles pourrissantes. Le temps était exceptionnellement doux à l'entrée de l'hiver, il fallait en profiter. Elle avait décidé d'aller se promener du côté de la minuscule chaumière. Depuis son étonnante conversation avec Kevin, elle n'avait pas revu Sheila. Se pouvait-il que Cormac et elle se fussent disputés? Dans ce cas, cela expliquerait l'humeur sombre de ce dernier. Elle avait failli questionner Liam à ce propos et s'était finalement abstenue, car cela l'aurait amenée à l'interroger sur les sentiments du médecin à l'égard de Sheila.

Il était indéniable que celui-ci trouvait Sheila séduisante. Quant à savoir ce qu'il éprouvait exactement à son endroit, c'était impossible. L'aimait-il au point de vouloir la prendre pour femme? Cette idée déplaisait à Nerys sans qu'elle s'expliquât très bien pourquoi.

Le chemin longeait la rivière. Les eaux bouillonnantes semblaient la narguer en lui rappelant par leur vacarme l'accident dont elle avait failli être victime.

Le sentier zigzaguait, tantôt suivant au plus près le lit du cours d'eau, tantôt s'en écartant. Des arbres et des buissons l'obstruaient et il était parfois difficile de se frayer un passage au milieu de cet enchevêtrement végétal.

Ayant réussi à contourner un épais fourré épineux, Nerys se pétrifia soudain à la vue d'un spectacle inattendu. Le souffle court, elle se dissimula tant bien que mal derrière les branches quasi dénudées d'un tronc providentiel.

Devant elle, à quelques pas de là, se dressait le cottage de Tom Flaherty. Attaché à un piquet de la clôture, un cheval à la robe noire et familière agitait avec impatience sa queue en panache. Accroupie derrière le fouillis de ronces, Nerys se demanda si Kevin rendait souvent visite à Sheila. Cette pensée la troubla.

Elle s'apprêtait à rebrousser chemin, ne voulant surtout pas que le médecin s'imagine qu'elle l'espionnait, lorsqu'un murmure de voix la retint. Elle se figea. Deux têtes brunes émergeaient de la chaumière basse. Deux silhouettes se dirigèrent d'un même pas vers le pur-sang. Nerys eut un haut-le-corps. Elle venait de reconnaître Liam.

Liam? Elle doutait encore du témoignage de ses sens. Elle était tellement persuadée que le visiteur n'était autre que le docteur Duncan que l'apparition de son cousin lui avait causé un saisissement bien compréhensible.

Avant de s'en retourner, elle surprit le baiser qu'échangèrent les jeunes gens.

Les tempes battantes et la bouche sèche, elle réussit à rejoindre la route. Repoussant d'une main tremblante une mèche rebelle, elle essayait d'apaiser les battements désordonnés de son cœur.

En attaquant la montée, les jambes molles, elle décida qu'il valait mieux enfouir au fond de sa mémoire l'incident dont elle venait d'être témoin. Elle devait s'avouer cependant que la scène l'avait bouleversée. Étaient-ce donc les affres de la jalousie qui la taraudaient ainsi?

Machinalement, elle s'engagea dans la grande allée qui menait au manoir et, en arrivant en vue du petit pavillon, elle se demanda vaguement si le médecin était chez lui.

Comme s'il avait deviné ses pensées, celui-ci surgit gaiement dans l'encadrement de la porte et lui adressa un geste d'amicale bienvenue. Devant la mine sombre de la jeune fille, il s'élança à sa rencontre.

– Bonjour! Vous avez l'air bien préoccupée.

– Non, éluda-t-elle platement.

– Quelle piètre menteuse vous faites! s'exclama-t-il avec bonne humeur. Vous ne voulez pas me confier vos soucis?

Il la prit doucement par le coude et l'entraîna vers le cottage.

– Kevin...

– Asseyez-vous. Je vous écoute.

– Je n'ai pas grand-chose à raconter, fit-elle en produisant un semblant de rire.

La tête légèrement inclinée, il s'enquit d'un ton railleur :

– Je me mêle de ce qui ne me regarde pas?

– Oh non! Ce n'est pas...

– Tant pis. Vous ne voulez pas me parler? C'est votre affaire. Mais permettez-moi de m'étonner de votre air penaud. Il vous va bien mal.

Les lèvres de la jeune fille se retroussèrent en une ébauche de sourire.

– Ce n'est rien, concéda-t-elle. Je viens de... d'être témoin d'une scène qui m'a beaucoup perturbée.

– Je ne veux pas être indiscret, déclara Kevin Duncan avec calme. Loin de moi l'idée de forcer vos confidences.

Haussant légèrement les épaules, il se dirigea vers la fenêtre et entreprit de bourrer sa pipe tout en s'absorbant dans la contemplation mélancolique des branches dénudées.

Des volutes bleues s'échappèrent bientôt du fourneau, emplissant la pièce paisible de leur arôme réconfortant.

– Kevin, attaqua timidement Nerys, vous allez me

trouver bien sotte quand vous saurez ce qui me tracasse. Vous vous moquerez de moi et je me mettrai en colère, comme d'habitude.

– Essayez toujours, proposa-t-il avec une malice pleine de bonhomie.

– Il s'agit de Sheila. Je voudrais que vous me disiez si Liam la connaît bien, jeta précipitamment Nerys en virant à l'écarlate.

Embusqué derrière son écran de fumée, le médecin la contemplait avec fixité.

– Un peu mieux que d'autres, peut-être, répondit-il évasivement.

Nerys cilla.

– Je vois, commenta-t-elle d'une voix sans timbre.

– Vraiment? jeta-t-il d'un air dubitatif. N'oubliez pas qu'ils ont beaucoup de points communs et qu'ils ont grandi ensemble. Et ne le jugez pas trop sévèrement.

Nerys esquissa une moue.

– Je pensais...

– Vous pensiez? souffla-t-il, le tuyau de sa pipe solidement vissé entre les dents.

– Rien, esquiva-t-elle. Est-ce que Liam et Sheila ont de... l'amitié, l'un pour l'autre?

Kevin grimaça.

– Ils en avaient autrefois. Ils échangeaient une correspondance abondante par l'intermédiaire de Cormac. J'ignore ce qu'ils éprouvent aujourd'hui... Votre oncle désapprouvait violemment ce penchant et il a tout fait pour l'étouffer. Peut-être y est-il parvenu. Ce n'est pas une raison cependant pour qu'ils ne soient pas restés amis. Mais leurs sentiments ont évolué. Ceux de Liam ont certainement changé, en tout cas, puisqu'il a décidé de vous épouser.

Il décocha à sa visiteuse un regard perçant.

– Pourquoi cette question?

Nerys se sentit prise de panique mais elle s'était trop avancée pour se dérober.

– Parce que j'ai vu, ou cru voir quelque chose qui m'a troublée.

Kevin la regarda droit dans les yeux.

– Et vous en avez tiré des conclusions peut-être hâtives, c'est cela?

Nerys rougit comme une enfant grondée.

– Je... j'ai vu Liam embrasser Sheila, confia-t-elle dans un souffle.

Un sourire insolent étira le visage anguleux.

– Si ma mémoire est bonne, je vous ai donné un baiser l'autre jour et pourtant, nous ne sommes pas amoureux l'un de l'autre, n'est-ce pas?

– Quelle idée! s'exclama Nerys, les joues en feu. Mais ce n'était pas la même chose. Oh! Et puis je n'en sais rien!

Le sourcil en accent circonflexe, il interrogea d'un ton suave :

– Où étaient-ils lorsque vous les avez surpris?

– Je ne les espionnais pas! Je les ai aperçus par hasard. Ils étaient devant le cottage et j'arrivais par le petit sentier qui longe la rivière. Si j'avais su que Liam était dans les parages, jamais je n'aurais pris cette direction. Vous ne me croyez pas? ajouta Nerys, horrifiée.

– Si, confirma la voix nette.

– Je suppose qu'ils resteront amis après notre... mariage, risqua-t-elle d'une voix blanche.

Le regard narquois de Kevin se posa sur elle.

– Rassurez-vous, je ne pense pas qu'ils continueront à se rencontrer lorsque vous serez mariés. Je connais Liam. Il a trop le sens de l'honneur pour se conduire de cette façon.

– Oui, articula faiblement Nerys. Vous avez raison.

– Sean m'a appris que vous avez fixé la cérémonie au printemps. C'est vrai?

– Je... nous ne voulons pas précipiter les événements, convint Nerys, la gorge sèche.

– Vous avez vraiment l'intention d'épouser mon frère?

Un silence pesant suivit cette question. Kevin aurait-il deviné ses réticences?

– Évidemment, protesta-t-elle, le nez baissé. Ne sommes-nous pas fiancés?

Le médecin tira pensivement sur sa pipe et une bouffée de fumée se répandit en molles volutes dans la pièce sombre.

Les joues de Nerys s'empourprèrent.

– Oncle Sean a insisté pour que nous nous fiancions. J'ai obéi, mais je ne suis pas encore suffisamment certaine de mes sentiments à l'égard de Liam pour établir la date du mariage avec précision. Vous me trouvez malhonnête envers mon oncle?

S'étant débarrassé de sa pipe, Kevin Duncan s'approcha et emprisonna entre les siennes les mains délicates.

– Je crois qu'il ne s'agit pas d'une question de déloyauté de votre part. Et d'ailleurs, à ce propos, a-t-on été tellement loyal envers vous en vous attirant à Croxley sous un faux prétexte?

– Comprenez-moi, insista plaintivement Nerys. Je dois être sûre de moi avant d'épouser Liam. J'ai beaucoup d'affection pour lui, j'en conviens. Est-ce suffisant pour accepter de le prendre pour époux comme mon oncle le souhaite?

– Eh bien, jeta fermement Kevin, dans ce cas, attendez avant de vous engager plus avant. De toute façon, l'annonce de vos fiançailles ne peut que réjouir Sean, même si...

– Il n'a plus beaucoup de temps à vivre, c'est cela? hasarda péniblement Nerys.

– J'en ai peur, murmura-t-il doucement. Je suis désolé.

Il y avait une compassion si vraie dans le ton que Nerys, bouleversée, eut du mal à ravaler ses larmes.

– Je suis vraiment navré, Nerys. Nous avons tenté l'impossible pour le sauver. Je ne puis plus rien pour lui désormais. L'échéance fatale est proche.

– Mais... c'est tellement injuste, gémit Nerys qui, du fond de son chagrin, perçut un vague galop dans l'allée.

– Ne pleurez pas, ma colombe, chuchota la voix grave aux inflexions caressantes.

Lorsqu'elle reprit le chemin du manoir, Nerys était désemparée. Elle ne savait quelle conduite tenir vis-à-vis de Liam.

Lorsqu'elle poussa la porte du grand salon lambrissé, il était là, enfoncé dans un profond fauteuil de cuir, tripotant nerveusement sa cravache. Il l'accueillit d'un froncement de sourcils.

– La promenade a été agréable? attaqua-t-il, l'air sombre et le ton âpre.

Nerys eut un imperceptible mouvement de surprise.

– Mais... oui.

– Je suis passé devant le pavillon tout à l'heure. Je vous ai aperçue près de la fenêtre, avec Duncan.

C'était donc cela. Lui dont elle avait surpris le tendre duo avec Sheila, voilà qu'il l'accusait. Quelle ironie!

– J'étais entrée dire bonjour à Kevin.

– Kevin?

Le froncement de sourcils s'accentua.

– Parce que vous l'appelez Kevin?

Nerys pâlit.

– C'est bien son prénom, n'est-ce pas? jeta-t-elle avec un brin d'agressivité. Vous avez l'air de trouver anormal que je m'adresse à lui de cette façon, permettez-moi de m'étonner de votre réaction. Voilà deux mois que nous nous connaissons et de plus, je crois savoir que lui et vous êtes...

Elle se mordit la langue et s'interrompit net.

– Vous êtes donc au courant?

– Oncle Sean m'a tout expliqué.

– Parce que Duncan avait commencé à vous révéler une partie de la vérité, je suppose. Sans cela, il ne l'aurait jamais fait. A quoi bon vous apprendre cette lamentable histoire?

– Mais, ne sommes-nous pas fiancés, Liam?

– En tout cas, si nous devons nous marier un jour, je vous interdis de rendre visite au docteur Duncan.

– Vous...

D'un bond, Liam s'extirpa de son fauteuil et attira Nerys à lui.

– Vous entendez, siffla-t-il entre ses dents serrées, je vous le défends.

Ses doigts lui meurtrissaient le bras tant il la tenait serrée.

– C'est bien compris?

– Liam! Vous me faites mal!

Se tortillant en tous sens, Nerys essayait d'échapper à la poigne de fer.

– Liam! hurla-t-elle une seconde fois.

Les yeux gris plongèrent dans les siens et une bouche volontaire s'abattit sur celle de Nerys. Prise de panique, la jeune fille se débattit de plus belle. Il desserra brutalement son étreinte et elle esquissa un mouvement de recul.

– Je suis désolé.

– Vous m'avez fait peur, avoua Nerys avec une légèreté feinte.

– Je ne voulais pas vous effrayer. Je ne sais pas ce qui m'a pris. Vous avoir vue en compagnie de Duncan m'a rendu fou.

– Inutile de vous excuser, reprit Nerys en frictionnant son bras endolori, et inutile de vous mettre dans cet état sous prétexte que j'étais avec Kevin. N'étiez-vous pas auprès de Sheila cet après-midi?

– Comment le savez-vous? Par Duncan, encore?

– Je vous ai vu.

– Vous... m'avez vu? Et où cela?

– Près du cottage de Tom Flaherty. Tout à fait par hasard. Je me promenais. J'avais décidé de ne pas vous en parler. Je sais que Sheila et vous êtes amis de longue date.

– C'est exact, confirma-t-il en redressant le buste.

– Quittez ces airs solennels, Liam, jeta Nerys en s'efforçant de le dérider. Ce n'est pas parce que nous sommes fiancés que vous devez renoncer à la compagnie de vos amis.

– Je n'irai plus au cottage, je vous le promets. Si jamais père apprenait que je m'y rends, cela serait...

Il n'acheva pas.

– Liam, risqua Nerys qui sentit ses yeux s'embuer, oncle Sean n'en a plus pour longtemps. Quelques semaines tout au plus.

– C'est de Kevin que vous tenez cette nouvelle?

– Oui, fit-elle d'une voix étranglée. Il fallait que vous le sachiez. Je comprends ce que vous ressentez et j'imagine à quel point les paroles de consolation sont dérisoires. Croyez-moi, je partage votre douleur. Je suis passée par cette épreuve, moi aussi, lorsque mon père est mort.

On eût dit qu'un poids trop lourd s'abattait soudain sur les épaules de Liam.

– Ce mariage lui tient tellement à cœur, murmura-t-il comme pour lui-même. J'ai l'impression de jouer une atroce comédie.

– Mais non, se récria Nerys avec véhémence. L'annonce de nos fiançailles l'a comblé...

– Peut-être, mais son plus cher désir est de nous conduire à l'autel, coupa Liam, l'air sombre.

– Liam, combien de fois devrai-je vous l'expliquer? Je ne peux pas vous épouser. Pas maintenant. Pas encore. Laissez-moi d'abord m'assurer de la force de mes sentiments envers vous.

– Vous refusez de dire oui avant qu'il ne soit... trop tard?

Nerys inclina douloureusement la tête.

– C'est impossible, Liam. Même pour faire plaisir à mon oncle, je suis incapable de prendre une telle décision à l'heure actuelle. Je sais ce que vous allez m'objecter, murmura la jeune fille avec un geste las. Mais croyez-moi, il me faut du temps pour réfléchir.

– Du temps, souligna Liam avec amertume, il ne lui en reste plus beaucoup, à lui.

Nerys soupira et ses bras retombèrent le long de son corps avec accablement.

12

Sean Brady devait décéder deux semaines plus tard en toute sérénité. En effet, il était mort en ignorant que les fiançailles de Liam et de Nerys risquaient de ne jamais se concrétiser par un mariage.

Nerys était partagée entre l'affliction et le soulagement. Elle connaissait l'obstination de son oncle et elle savait bien qu'il aurait fait l'impossible pour mener à son terme une union qu'il avait si ardemment souhaitée.

Liam maîtrisait admirablement son chagrin.

Le testament se révéla conforme en tous points aux volontés exprimées de son vivant par Sean Brady. Mariés ou non, Liam et Nerys héritaient chacun de la moitié de sa fortune. La jeune fille se demanda si son oncle n'avait pas rédigé ce document sous l'effet d'un remords tardif. Il s'était peut-être rendu compte de ce qu'il y avait de répréhensible, moralement parlant, dans les projets qu'il avait si arbitrairement formés pour sa nièce et son fils adoptif.

Durant les semaines qui suivirent le décès de Sean Brady, Liam ne fit aucune référence à leur avenir commun. Dans ce climat d'incertitude, la malaise de Nerys grandissait.

Kevin Duncan ne s'était pas manifesté depuis l'enterrement. Peut-être hésitait-il à se rendre au manoir depuis que son demi-frère en était devenu le légitime propriétaire. Elle ne put s'empêcher d'en faire la remarque à Liam.

— S'il vient, je m'efforcerai de le traiter en ami, répondit Liam. Je l'ai promis à père.

— Vraiment? s'exclama Nerys, saisie par le côté posthume de ce revirement.

— A père et à Sheila aussi, avoua Liam. Elle pense que je devrais changer d'attitude envers lui.

— Sheila? s'étonna Nerys en ouvrant de grands yeux. En quoi cela la regarde-t-il?

— Je... j'aurais dû vous prévenir avant, murmura Liam avec gêne. Je ne savais comment aborder le sujet avec vous. Surtout avec nos projets de fiançailles...

— Me prévenir? balbutia Nerys. Mais de quoi?

— J'ai demandé à Sheila de devenir ma femme, lâcha Liam tout à trac.

Cette déclaration abrupte glaça la jeune fille. Elle eut l'impression de recevoir un coup de poing au creux de l'estomac.

— Je vois, fit-elle d'une voix blanche.

Une gifle ne l'aurait pas humiliée davantage.

— Nerys...

Liam tendit la main vers elle mais elle esquissa un mouvement de recul.

— Je vous souhaite beaucoup de bonheur. Dites à Sheila qu'elle n'a rien à craindre de moi. Je vais quitter Croxley et la débarrasser de ma présence à tout jamais.

— Nerys, je vous en prie...

Mais Nerys, un sourire assez effrayant plaqué sur son visage livide, sortit en courant de la pièce sans ajouter un mot.

Une humidité gluante, presque tangible, stagnait dans l'air vespéral. D'une démarche d'automate, elle se dirigea vers le petit pavillon. L'antique véhicule était garé en bordure de la haie, son propriétaire ne devait pas être loin. Un besoin irraisonné de voir Kevin, de se confier à lui, la fit se précipiter vers l'entrée. Comme une somnambule, elle se mit à actionner le heurtoir de bronze. Le battant s'ouvrit si soudainement qu'elle sursauta lorsque Kevin s'encadra dans la porte.

— Quelle bonne surprise! Entrez, asseyez-vous.

Machinalement, elle obéit et se laissa tomber dans l'unique fauteuil.

— Vous vous faites rare ces temps-ci, remarqua-t-elle platement pour amorcer la conversation.

Une grimace sans joie étira les traits osseux.

— Je n'étais pas sûr de l'accueil que l'on me réserverait.

— Soyez sans crainte. Liam ne voit plus en vous un ennemi.

Le sourcil roux se fronça.

— C'est vous qui êtes l'artisan de cette métamorphose?

Nerys tirait nerveusement sur les manches de son cardigan.

— Non, absolument pas. C'est le résultat d'une promesse qu'il a faite à oncle Sean et... à Sheila.

Levant le nez, elle regarda Kevin droit dans les yeux.

— Liam et elle vont se marier.

— Je vois, fit-il avec un grand laconisme.

— Cette nouvelle ne devrait pas vous étonner, ni vous navrer d'ailleurs. N'avez-vous pas toujours plaint ce pauvre Liam? Vous me trouviez tellement insupportable...

— Je n'ai jamais été tendre avec vous, c'est vrai. Je ne vous ai pas ménagé les sarcasmes. Mais avouez que vous le méritiez!

— Êtes-vous toujours de cet avis? questionna-t-elle d'une toute petite voix.

— Peut-être que non.

Une lueur indéfinissable passa dans les prunelles bleues qui réchauffa le cœur de Nerys.

– Que comptez-vous faire?

– Rentrer en Angleterre.

– Mmmm...

Dans le silence qui suivit, Nerys luttait pour ravaler ses larmes.

– Je ne peux pas rester à Croxley, fit-elle pitoyablement. Sheila ne...

– Non, bien sûr, renchérit son interlocuteur avec économie.

– J'ai décidé de partir la semaine prochaine... Kevin?

– Humm?

Il la fixait, impavide, une expression d'intérêt poli plaquée sur son visage osseux.

Nerys se sentit rougir de colère.

– Rien! jeta-t-elle avec courroux. Je regrette d'être venue vous importuner avec mes petits problèmes.

– Encore votre ton de reine offensée! Je croyais que cette manie vous était passée.

– Vous êtes exaspérant! explosa-t-elle en virant à l'incarnat. Vos insolences, voilà au moins une chose que je ne regretterai pas!

– Bon, alors c'est décidé? Vous retournez à Londres? C'est sans doute mieux ainsi, poursuivit-il d'un air songeur. Je ne pense pas que cela vous aurait plu de devenir la femme d'un simple généraliste besogneux et surchargé de travail, avec vos idées de grandeur...

– Kevin... balbutia Nerys, abasourdie.

Le regard pétillant de malice se posa sur les pommettes rosissantes. Le jeune homme fit un pas en avant et la prit tendrement dans ses bras.

– Vous n'avez jamais eu l'intention d'épouser Liam, n'est-ce pas?

– Je...

Les yeux bleus plongèrent dans les yeux violets et leurs bouches se joignirent en un baiser qui dissipa les derniers doutes de Nerys sur les sentiments qu'elle portait au médecin.

– Kevin, murmura-t-elle enfin, Kevin. Vous...

Un nouveau baiser la fit taire et il lui sembla qu'elle perdait pied.

– Quand avez-vous dit que vous deviez partir? s'enquit doucement Kevin.

– Jamais, lança-t-elle avec un rire heureux. Jamais.

Éternelle jeunesse du roman d'amour!

On a l'âge de son esprit, dit-on. Avez-vous jamais songé à vérifier ce dicton?

Des romancières célèbres telles que Violet Winspear, Anne Weale, Essie Summers, Elizabeth Hunter... s'inspirant du vrai roman d'amour traditionnel, mettent en scène pour votre plus grand plaisir héros et héroïnes attachants, dans des cadres romantiques qui vous transporteront dans un monde nouveau, hors de la grisaille du quotidien. En partageant leurs aventures passionnantes, vous oublierez soucis et chagrins, vous revivrez les émotions, les joies...la splendeur...de l'amour vrai.

Six romans par mois...chez vous...sans frais supplémentaires...et les quatre premiers sont gratuits!

Vous pouvez maintenant recevoir, sans sortir de chez vous, les six nouveaux titres HARLEQUIN ROMANTIQUE que nous publions chaque mois.

Et n'oubliez pas que les 6 vous sont proposés au bas prix de $1.75 chacun, sans aucun frais de port ou de manutention. Pour vous assurer de ne pas manquer un seul de vos romans préférés, remplissez et postez dès aujourd'hui le coupon-réponse suivant: